분자적 새

박춘석 시집

현대시에서 펴낸 박춘석의 시집

장미의 은하(2022, 문학나눔 선정)

'지금' '이곳'을 한 발자국도 떠나지 않았다.

태양의 운행에 따라 열심히 살아서

건물 안에 발자국을 가득 채우려고 했다.

피아노를 들여놓은 것은 실수였다.

건물이 통째로 자주 사라졌다.

음악이 끝나고 새가 날개를 멈추면

사람으로 돌아오면 그만이었다.

다치는 일도 없었다.

건물 천장이 없어 하늘 방향이 트여 있었다.

건물 벽면이 없어 사방이었다.

2024년 여름

박춘석

차 례

제2부

보존법칙

제3부

행복해지고 있습니다

제4부

미래에서 오는 사람

제1부
분자적 새

행복합니다

상황은 사소합니다 시지프스가 바위를 잠시 내려놓고 땀을 식히는 중입니다 집에 도착하기 전에 행복은 날아갈지도 모르겠습니다

나는 개별적인 시지프스, 삶의 의미를 음미하느라 행복합니다 지금 돌에서 잠시 벗어난 시간입니다 떨어진 돌을 잡으러 가는 시간이 아니라 산에 올려놓은 돌이 잠시 산에 머무는 시간입니다

시지프스는 생각이 조금 다릅니다 무의미하다기보다 과일이 익어가는 기간이라고 생각합니다 아이가 크는 기간이라고 생각합니다

돌을 내려놓고 저쪽에서 오는 중이고 더 먼 저쪽으로 가는 사이 비어 있는 곳에서 행복합니다 돌을 초과하여 돌보다 커져서 천천히 걷고 있습니다

나는 생각한다*

숨을 쉽니다 모인 사람들이 몸을 공기처럼 하여 날아갑니다 잠시 삶은 휴지가 됩니다 그토록 짧은 순간 죽느냐고 묻지 마십시오 죽는 것이 아니라 살지 않는 것입니다

다 모여야 생각할 수 있고 욕망할 수 있고 욕망하지 않을 수 있으니까요

바닷가에 서 있었습니다 최종적인 사람은 아니었고 드넓은 바닷가 수평선이 펼쳐졌습니다 무엇을 바라보고 있었던 것은 아닙니다 최종적인 사람은 아니었지만 소실점으로 작아지고 있었습니다 곧 날이 밝아지겠지요 바다만 있겠지요

집으로 돌아와 침대에 누웠습니다 사람의 중력을 감당하는 침대가 사람이겠지요

눈을 뜨고 세수하고 커피를 마십니다 커피가 사람일까요 날아가는 향기만큼만

신호등 앞에 서 있었는데 길을 건너는 사람이 왔습니다

전진해야 하는데 사람을 향해가야 하는데 마음을 무너뜨리며 불러 세우는 것이 있었습니다 등이 노을을 잠시 받았습니다만 앞 사람도 옆 사람도 뒷사람도 함께 노을을 받아서 사람 무리 속에 있었습니다 가까이 함께 있다고 생각했습니다만 하루 중 몇 번 같이 있었을까요 자주 오리무중입니다 잡을 길도 없구요

　고요한 숲길을 걸었습니다 새소리를 들었습니다 숲 냄새를 느꼈습니다 그리곤 또 멀리 달아났습니다

　노을이 내리는 길을 옆모습과 뒷모습을 보며 함께 걸어보고 싶다던 남자의 말을 떠올렸습니다

　그는 전화를 할 때마다 내 마음이 어떤지 물어오곤 합니다 우리는 공간이므로 축소될 수 있고 방안에 든 물건을 아예 들어낼 수 있다는 것을 알고 있는 것일 테죠

　당신은 발이 있어 어디로든 갈 수 있고 손이 있어 누구든 만질 수 있어 날개가 있어 날아갈 수 있어 당신을 의심해

그러나 곧 당신을 희망해 에고. 숨. 익시스토*

　떼구름이 몰려와서 죽을 듯했는데 편안해졌어요 말간 하
늘이 펼쳐졌어요 있는 건 정말 있을까 나를 의심하게 되었
어요

　텃밭에 땅콩 싹이 올라왔는데 땅콩이라고 알아본 것은
땅콩이 있었기 때문이에요

　공기가 온 힘을 다해 나를 흩어놓아도 나는 곧 다시 모여
서 생각하고 이해하고 발견하고 상상합니다
　어떠한 고백도 확고부동한 것이 아니라서 나는 의심하는
동안 살아 있습니다

　심호흡이 필요합니다 흩어지는 순간입니다 아무 생각하
지 않는 순간에도 살아 있다고 믿고 싶습니다

* 데카르트

분자적 새

땅은 안심하고 디딜 수 있는 곳이라 했는데 움직였다 집을 짓고 마당에 식물을 심는데 땅이 움직였다 땅은 가만히 있는 게 임무야 말했지만 소용없었다 아이들이 아장아장 걸어가다 넘어졌다 일어나 걸어가다 또 넘어졌다 일어나 뛰어가다 또 넘어졌다 반복되었는데 흔들림에 익숙해지면서 아이들이 자랐다 나는 땅을 제압하는 여신이나 되는 듯 땅의 문제에 골몰했다

바다를 다녀왔다 배의 땅은 물인데 바람이 잠잠하여 배가 평화로워 보였다 선장은 바람이 불면 나른함이 사라진다고 말했다 마음이 참 부조리합니다 땅을 살피던 내가 말했다 고요한 물 위에 배를 정박하기 위해 풍랑 속을 배를 몰고 있습니다 그러나 고요한 물 위에 도착하면 배는 구름처럼 흩어집니다 바다에서 붙잡을 수 있는 것은 바람뿐입니다 선장은 배를 몰고 바람 없는 물 위를 떠났다 우주는 모순투성이야* 고함 소리는 수평선을 향했지만 바로 앞에서 분해되었다

두려워해야 할 것은 바람 불면 땅이 공중에 뿌옇게 펼쳐

지는 일이었다 눈, 깃털, 부리, 발톱이 분별없이 그러나 아이들을 넘어뜨리고 집을 움직였지만 날아가는 곳까지 치닫지는 않았다 나는 끝없는 잠에서 깨어나 아무런 움직임도 발생하지 않는 쪽으로 가려는 듯 붙잡을 수 있는 것은 고요함 밖에 없었다

마당에 파 놓은 연못을 들여다보니 물이 맑아 사물이 가득했다 아이들이 돌을 던지지 말아야 할 텐데 괴물이 일어나 나올지 모르니 아주 큰 새가 모이겠군

먼지로 모인 것이 땅이라고 당신이 말했다 결속력이 부족합니다 모래가 많이 섞인 땅이 아닐까요 모래가 섞였다면 중력이라도 더 하겠지요 내내 인내하다 무거움을 번쩍 들어 올리는 봄이 오면 더욱 움직이는 땅을 무엇으로 극복할까요 당신이 옆에 있었지만 답을 원하지는 않았다

* 들뢰즈

15

분자적 새 1

실을 뽑아냈다고 하면 상투적일 것이다 거미라고 하면
흉측할 것이다 아침 이슬과 안개가 걸려들었다

투명한 것과 싸웠다 그것이 무엇이든…… 어둠과도 싸웠
겠지만 오히려 내맡겼다 내맡기고 나면 밝은 아침에 도착
했다 투명한 것은 아무것도 없는 것이라고 말하는 사람들
과도 침묵으로 싸웠다

말은 혼잣말이 되었고 아침 서리를 마주하며 입김을 불
어 공기로 환원시켰다 무기를 들지 않았던 것이 아니고 무
기 역시 투명했다

정주하지 않는 사람을 길어 올렸다 들과 산, 하늘, 내리
는 눈, 비, 새가 정주하지 않는 사람의 배경으로 자유롭게
걸렸다 가곤 했다

전화기를 들면 언뜻 전화기와 손이 나타났다가 녹아 공
기로 환원되었다 씻고 나온 사람이 나타나고 거울과 거울
이 놓인 탁자가 나타났다 '오늘은 얼굴 하나 나타냈으니 승
리한 싸움이다'

거미줄은 물상을 그러모으는 우주적 힘이 작동하고 있었다 얼마나 많이 흩어졌으면 피아노 앞까지 가야 모습이 나타나나

무언가를 향해가는 마음에 의해 공기 사이로 미세하게 떠도는 먼지를 뭉쳤다 먼지들이 얼굴이 되었고 입김이 되었다 창가에 앉아 있는 사람이 되었다 어디로든 가면 나타났다 그리고 녹아 사라졌다 눈사람보다 더 감쪽같이… 다만 한 알의 씨앗 같은 존재감을 품고

열린 거미줄… 공기의 내적 충동으로 솟구치는 피아노… 사라져 가는 자유… 모두 투명해지고 난 후, 마지막 까만 그림자가 인사를 하고 무대를 내려온다

피아노 너머로 간 사람이 박수갈채를 받고 곧 의자에 가서 먼지처럼 뿌옇게 내릴 것이다

계속

— 우주는 한순간으로 생산되고 한순간으로 밀어붙이고
한순간만으로 장절하게 죽으며 한순간만으로 완벽하다*

나는 여러 번 넘어지면서 집 문턱을 넘어서 바깥으로 나
왔다 나는 그때 나무 끝에 매달린 바람이었고 다음 순간 나
무 끝에 매달리는 꽃이었고 다음 순간 활짝 피고 있는 꽃이
었고 다음 순간 땅에 떨어지는 꽃이었고 다음 순간 캄캄해
졌고 다음 순간 나무뿌리 위에 머물렀고 다음 순간 나무뿌
리 속으로 스며들었다

저기 저쯤일 거야 꽃씨 하나를 떨어뜨려 놓은 곳이, 여자
와 남자가 키스하는 모습일 거야 언젠가 저곳에서 꽃이 핀
다면

순간에는 평평한 곳은 없고 낭떠러지밖에 없어서 다음
순간으로 내던져졌다 의지는 우발적으로 작동해서 간신히
늪지를 모면할 수 있었다 다음 순간 가로등 불빛이 가득한
길에 도착했다 순간이지만 그 길을 호젓하게 걸었다 다음

순간 나보다 나의 시를 더 사랑한다는 남자를 떠올렸다 다음 순간 가로등이 고장 난 지대에 도착했다 다음 순간 나무 그림자가 가로등 불빛을 가리고 있는 지대를 걸었다 다음 순간 나무 그림자를 밟고 걸었다 다음 순간 불빛을 등에 지고 나의 그림자가 앞서 걸어가고 나는 따라가고 있었다 다음 순간 앵두나무 그림자를 통과했다 둘로도 나누어질 수도 있고 셋으로도 넷으로도 무수히 나누어진 나를 동일한 한 사람이라고 기억이 나를 감싸안고 감싸안고 감싸안고……

나무의 나이로 치면 그림자는 거대할 텐데 간단히 나무 몸통을 건넜다 나와 나무는 서로 역사가 무관한 탓이었을까

집으로 돌아와 하룻밤을 잤다 나는 그 공간이 견딜 수 없었다 먼지처럼 쪼개진 시간 때문이었다 먼지처럼 쪼개진 정서 때문이었다 눈을 감고 손을 모으면 흩어져 있던 정서들이 모여와 고요히 앉았다

그곳에서 여기까지 오는 동안 우연한 일이 일어났고 우

연한 일이 또 생겨나서 생각보다 좋은 결과가 나왔다 아니 몇 발 뒷걸음질 친 것 같기도 했다 그러한 우연들로 인해 나는 동일한 사람이 아니라 성숙해졌다 그러한 우연들로 인해 여름은 더 큰 여름을 생산했고 끝에 여름은 온 힘을 다해 가을로 자신을 내던졌다 나는 작은 사물처럼 여름과 함께 가을로 딸려들어 갔다

어제의 공간과 오늘의 공간은 길게 직선으로 이어져 있어 벽지를 바르고 새 가구를 들여놓으며 시간차로 더 좋은 공간을 생산했다 공간 안에 어떤 미래도 들어와 있었지만 눈이 짧아 볼 수 없었다

천 조각처럼 이어 붙인 세계, 한순간만으로는 옷 한 벌도 만들 수 없었다 나는 소녀였다 어떤 경계를 뭉개버리고 줄 기차게 소녀였다 노인이 따라왔다 점점 더 늙은 노인이 따라왔다 점점 더 머리가 하얀 노인이 따라왔다 소녀는 망막이 찢어지고 있었다 신경계에서 직접 일어나는 찢어지는 소녀, 그리고 뻔뻔하고 당당해지는 노인, 소녀는 어디로도 가지 않으려고 했는데 노인을 향해 최종적으로 걸음을 옮

긴 것이다 곧 빅뱅이 이루어질 것 같다 빅뱅이 이루어지면
무엇이 남나, 우주 하나만 남나, 우주 하나만 사라지나, 언
젠가 살았던 소녀, 최후까지 살았던 노인, 그러나 몇 방울
의 이슬이나 몇 알갱이의 먼지 그리고 사진 몇 장

* 들뢰즈의 개념

0

그는 유배지에서 돌아오지 못하고 생을 마감했다 기록에 전생도 '유배지에서 죽었다'고 적혀 있다 수학자는 '수는 한정할 수 없고 이 세상이 그를 한 사람으로 추가하지 않기 위한 것이다'라고 했다 몇 생을 사람으로 태어난 것도 아니었다 그러나 유배지 바깥을 살다 온 적은 없었다 어느 생은 유배지 마당 가 개멀구로 태어난 적이 있는데 여러 포기 중 한 포기였지만 사람들이 그의 열매는 따 먹지 않았다 개멀구 열매가 사라질 때까지 사람들은 손도 대지 않았다 수학자는 '수는 위로도 아래로도 한정할 수 없어 아마도 보이지 않았을 것이다'라고 했다 어느 생은 그가 유배 중일 때 기거했던 움막 담 곁에 벚나무로 태어났다 벚꽃이 피었다 지고 몇 해가 지날 때까지 올려다보는 사람도 없고 새 한 마리 앉지 않았다 수학자는 '수는 위로든 아래로든 한정이 없지만 그가 자신의 태어남과 살아 있음과 죽음까지 의식한 것은 아주 빠르게 아주 커다란 숫자 0에 가까이 왔다는 뜻이다'라고 말했다

관찰자

같은 시간 같은 사람이 따로 서 있었다 지켜보다 지나가는 객으로 서 있었다 뭉쳐 있는 구름을 허물 듯이 잠시 서 있었다

나무가 있었고 나무 위에 새가 날아와 앉았고 그것을 바라보는 사람 뒤에 서 있었다 뒤에 서서 바라보는 나로 인해 만유인력처럼 사람과 나무와 새가 시간의 지평 위에서 뚝 떨어져 나왔다

나는 지속하는 힘이 부족했다 바라보던 시선을 초월하여 인상만 남기고 자리를 떴다 나무와 새는 끌림이 끝나는 자리에 되돌려 놓았다 뒤에서 보던 사람은 처음에는 없었는데 나중에는 아예 없었다

피를 흘리던 공기가 쉽게 회복되었다 아무 일도 일어나지 않았다는 듯

뒤에 서 있던 사람은 그들 바깥의 사람으로 남아서 아무런 감정도 이입하지 않았다 그러나 그때 그 순간을 내가 오

려서 왔다 쿵! 천둥이 쳤고 그 사람은 비를 맞았지만 나는
비 바깥에 서 있었다

　뒤에 서 있는 사람은 있지만 없어서 공허했다 끝까지 모
습을 만들지 않았다 그러나 없어도 없지는 않아서 그 사람
이 고개를 숙이고 소리죽여 울었는데 앞으로 가지 않았지
만 감정선 하나까지 느꼈고 눈썹이 파르르 떨리는 것까지
보았다 감정이입이 영 안 되는 것은 아니었다

　저 앞에 서 있는 사람과 나무와 새는 내가 떠올린 줄을
모르고 있다

　끝없는 이중생활
　끝없는 두 사람

　저 사람이 나의 존재를 인식한다면 큰일이다 물귀신처럼
따라붙지 말라고 뒤를 돌아보며 고함을 칠지도 모른다

　저 사람은 외로운 자신의 등 뒤에는 아무도 없다고 여기

고 있다

　나는 늘 그랬다 이내 연기처럼 후르르 흩어졌다 뭉쳤던
구름 같이 조금 무거웠던 날은 공터의 흙무더기같이

순간

　그녀가 오는 것을 보기 위해 창 쪽으로 자리를 옮겼다 소품처럼 책을 한 권 탁자 위에 올려놓았다

　그녀는 오래 자신을 감추고 있다 그녀는 끝까지 그녀를 은닉할 수는 없을 것이다 왜 한 사람이 두 사람으로 떨어져 지내는 날이 많은가 생각해 보고 있다 뭔가 나는 많이 부족하다 죽음을 가로지를 만큼 살아야 그녀를 만날 수 있을 텐데 나는 아직도 창가에 서서 그녀를 기다리고 있다 꿈속에서 들었지만 그녀는 분명 오겠다고 했다

　너와 내가 이분법적이라고 생각하는 것도 수동적인 자세겠지 네가 저쪽에서 온다고 생각하는 것도 창가에 서 있는 사람의 자세겠지

　반성은 의자에 앉아서 하지 않고 동굴 밖으로 걸어 나가면서 했다 끊임없이… 그녀는 인식되는 것이 아니라 경험되는 것이라고 한다 건너편에 그녀가 있는 것이 아니라 우리 함께 있다고 한다 눈이 내려 안경알에 붙는다 지금 함께 눈길을 걷고 있는 것이다 저 너머 해가 많은 곳을 향해

그녀가 저쪽에서 나타나는 것이 아니라 내가 저쪽으로 가는 것이다 산책하듯 보통의 걸음으로는 갈 수 없을 것이다 분리된 그녀는 애초에 없었다 그녀는 숨어 있었고 나는 그녀를 찾으러 온 우주를 떠돌고 있다 그녀는 사건일 테니 나는 경험해야 한다

여기 서 있으면 저기서 오는 그녀를 바라볼 수 있을 것이라고 생각했다 명제가 달라서 나는 제비, 그녀는 꽃, 그렇게 생각했다

우리가 왜 아직도 한 몸을 이루지 못했는지 반성하며 동굴 입구에 막 도착했을 때 그녀는 커다란 나무에 방금 피어난 듯 매달려 있었다 그러나 금세 떨어질 듯 꽃잎으로 내 손을 놓기 시작했다 다시 이분법적으로 갈라지는 모순, 우리가 함께 있는 그 짧은 찰나를 위하여 나는 또 동굴 밖으로 걸어 나가야 한다 나는 원래 두 사람이었나 생각해 보고 있다

지금은 그녀가 없어 진정한 내가 아니다 그녀와 내가 마주 서는 시간조차 아슬한데 그녀를 만나 단독자로 되었을 때 잠시 자유로웠다 그녀는 찬란한 사건이었다

눈사람의 탄식

이 사람이 소멸할까 겨울이 되어도 태어나지 않을까 장
난 같은 사람 수증기로 올라간 사람보다 꽃 속으로 들어간
사람이 많아 어쩌면 다시 태어나지 않을 것 같다

가만히 앉아 있는데 못이 박힌 듯 아려와 어서 여름이 와
서 사지가 흩어질 수 있다면 이 꽃 저 꽃으로 사지가 흩어
질 수 있다면 이 나무 저 나무로… 다시는 이 사람으로 돌
아오지 않을 수 있다면

이 사람이 살기에 적당한 곳을 겨울로 본다면 그것은 오
해, 살아보지 못하여 미래의 꽃, 미래의 나무, 미래의 시냇
물, 미래의 비, 미래의 눈

햇살이 끌을 대고 망치질을 한다 눈에서 사람을 꺼낸다
아무리 꺼내도 여분의 사람이 남아 또다시 그 사람으로 돌
아올 것만 같아 이미 그 사람을 한참 지났는데 아직도 그
사람을 살고 있는 것 같아

그 사람은 제가 스며든 꽃을 볼 때마다 한 송이 두 송이

헤아리기 시작한다 '저 많은 꽃들이 저마다 꽃씨를 맺을 텐데 나의 역사는 길고도 유구하겠구나.' 그러나 아직도 남아 있는 풍부한 사람

오늘 저 꽃으로 들어간 물과 내일 저 꽃으로 들어간 물은 줄을 서 있던 사람이 차례로 사라진 것 같아서 꽃 속으로 들어간 후 돌아오지 않는 사람들 무엇을 키웠다거나 무엇으로 되었다고 말할 수 없는 전혀 새로운 탄생이었으므로 그 사람이 기억하는 건 그 순간뿐이다 분명한 것은 그 사람 이후만 있을 뿐이다

오랫동안 사라져서 이제 이름만 남게 된 사람 그 이름을 뒤에 오는 사람이 계속 이어서 쓰는

혼자만의 이름도 없었구나

그 사람은 기체이기도 해서 그 사람은 물이기도 해서 그 사람은 사람이기도 해서

해가 따뜻해지고 그 사람은 온통 기울어져서 흐르고 흘러 그 사람이 서 있던 자리에는 파란 풀이 자라고 있다 그의 탄식을 듣고 깨어난 풀이

경계선

지하는 계단이 필요합니다 계단 없이는 바깥으로 나갈 수 없습니다 그러나 지하는 허공만큼이나 공허합니다 늘 떨어지는 중력을 가졌으니까요 지하는 자장가 소리가 어둠만큼이나 가득합니다 허공과 지하를 나누는 경계가 바깥 평면에 있다면 나무 한 그루를 담당하는 기관을 세 곳으로 나누어도 될까요 몇 년 전에 심었는데 나무는 언제 저 멀리까지 올라갔을까요 모든 경계를 넘어갈 듯합니다 지하가 가장 큰 힘을 주었다죠 저 나무를 보면 경계선이 사라집니다 지하와 평면과 허공이 하나로 이어져 있습니다 지하는 평면의 근접한 지대이며 계단은 허공에 근접하고 있습니다 보이는 곳과 보이지 않는 곳과 우람한 곳을 안아볼 수 있는 곳과 내일이나 모레쯤 닿을 수 있을 듯, 아니 먼 미래에나 닿을 수 있을 듯합니다

나무에 발목이 보이지 않았는데 자랐습니다 발목은 시선으로 지각되지 않았고 허리는, 목선은, 자꾸 달아나서 허공으로 허공으로 올라가고 있습니다 나무를 보고 있었습니다만 허공을 포함해서 보였습니다 뿌리를 보고 있었는데 계단도 포함해서 보였습니다 그러나 계단도 달아났고 나무도

덩치를 키우면서 달아났습니다 나무를 보고 있었는데 강물이 흐르고 있었습니다 나무를 보고 있었는데 '나무'라고 부르는 소리가 후르르 새처럼 날아가 버렸습니다 어제 그 나무는 어제 유일했습니다 그것뿐이었습니다 하룻밤과 하룻낮을 겪은 나무는 하룻낮과 하룻밤만큼 차이를 가졌습니다 나무의 지대로 새가 들어오면 나무의 지대는 약간 모습이 변하기도 했습니다 그러나 내가 본 것은 나무의 나무다운 평면성이었습니다 허공의 심리상태, 지하의 심리상태, 양 방향으로 한 그루 나무는 동일해져 갔습니다 나무와 허공과 평면과 지하가 끊임없이 통합되었다가 달아남과 자유와 나무로서의 붙들림이 끊임없이 반복되었습니다

나는 나무만 바라보았습니다

눈사람

눈사람이 녹을 때 옆에 있었습니다 굉장한 굉음이 들렸습니다 그는 지독하게 차갑고 오직 한 가지 색을 띠고 있었으나 해가 뜨면서 차가움과 색이 중화되어 갔습니다

나는 새로 집을 짓기 위해 낡은 건물을 무너뜨리고 있습니다 아마도 더 나은 집에서 살게 될 것입니다

일관되게 차가운 온도와 하얀색을 무너뜨리기는 쉽지 않았을 것입니다 지층에 닿는 무너지는 색깔이 내는 소리였을까요 차가움을 버리는 소리였을까요 궁금했지만 알게 된 사실은 내가 지금 살고 있는 집을 무너뜨리면서 귀가 조금 밝아졌다는 사실입니다 나는 그때 한 가지 실험을 하고 있었습니다 '사실'에 대한 실험이었습니다 그러나 경험하지 않고는 아무것도 단 한 줄도 기록할 수 없다는 걸 알아갔습니다 눈사람이 눈사람을 녹이지 않고는 눈사람을 떠날 수 없듯이 살고 있는 집을 무너뜨리지 않고는 좋은 집에서 살 수 없다는 것을 알아갔습니다

나는 그때 집을 부수는 현장에 있었다기보다 부서지는

집 자체였습니다

　몇 차례 굉음이 지나간 후, 눈사람은 중화되어 꽃으로 환
생하고 풀로 환생하고 물고기로 환생하고 그러고도 남아서
바다로 갔습니다

　눈사람 안에 어떤 사람이 있는지 알 수 없었습니다 눈사
람 안에 어떤 역사성이 있는지 알 수 없었습니다 역사가 시
간으로 풀려나올 때에야 꽃으로 가고 바다로 가고 수증기
로 갔습니다 눈사람으로 뭉쳐져 있는 동안 눈사람에게 성
장의 인이 있다는 것을 몰랐습니다

　차가움에 사로잡혀 있었던 시기가 있었습니다 감정은 변하
는 것이라서 지금은 눈사람을 허물고 있습니다 겨울이 올 때
까지 고요히 숨죽이고 있던 사람이 눈이 오면 나타납니다만
새로운 사람입니다 허물어지기까지가 길었을 뿐 무엇이든 될
수 있어서 달라질 수 있어서 다른 무엇이 되어서 떠나고 있습
니다

제2부

보존법칙

목적

식물을 생각합니다 거름을 주고 가지치기를 해주고 잘 가꾸어 주는 것을 생각합니다

나를 다그치고 싶지는 않습니다 오래 몰아서 가만히 서 있어도 달립니다 병적입니다 그러나 말이나 소를 몬다는 표현은 쓰지 않겠습니다 꽃을 좇는 봄 식물이라고 하면 적당할까요

선택은 항상 어떤 장애물 앞에서 합니다 잡고 올라갈 손잡이도 없는 곳입니다 투명해서 보이지 않는 가파른 계단을 누구에게도 설명하지 않고 오릅니다 혼자서 느끼는 계단입니다

느낌은 더듬이의 단초를 건드려서 고요한 전쟁터를 방불케 합니다 총성도 혼자서 듣습니다 포화 속을 혼자서 통과합니다 채찍은 버렸습니다 자유인은 스스로 가는 사람이니까요

내가 바로 서면 너는 바로 설 것입니다 내가 왜 본체이고

너는 왜 그림자인지는 알지 못합니다 내가 너를 발원했다
는 것 그것만 알고 있습니다 반성합니다

　어제는 진눈깨비가 왔습니다 날씨는 가는 길을 막아서는
것 같기도 하고 막혀 있는 벽을 허무는 것 같기도 했습니다

　오늘은 고요한 날입니다 공기가 물질을 입고 색을 입고
규칙적인 행동을 입는 곳 그곳으로 가고 있습니다

　식물이 색깔과 모양을 입히고 있습니다 나무 속에서 어
떤 꽃을 꺼내려고 합니다

　영원히 현재 위에 발을 옮기고 있습니다 도착은 할 수 없
을지도 모릅니다 그러나 막을 수는 없습니다

다른 의미

　조금 뒤에서 걸었다 선후라는 말과는 다른 의미다 그림
자는 물론 아니다 타인도 아니다 나도 사람인지라 한 곳만
볼 수는 없었다 눈이 옮겨 다닌 흔적은 그 사람의 미세한
운동이다 그 사람이 가고 있는 마음의 방향을 자주 놓쳤다
산책길이니 그럴 법도 하지만 마음의 맥이 자주 끊어졌다
이어지는 것 같았다 소란은 쉽사리 교란을 일으켰다 이쯤
에서 내가 누구인지 밝혀야 될 것 같다 나란히 비교해서 그
사람이 꽃이라고 해두자 그 사람의 이웃이라고 생각하면
이웃일 수도 있다 폴리스의 의미는 아니다 조금 더 가려는
마음을 막아서는 걸 보면 폴리스 같기도 하다 숲 사이로 산
딸기가 빨갛게 익는 것을 보고 뒤에 서 있지 못했던 것 같
다 나도 정확히 기억나지 않는다 그때 나는 그 사람 안으로
스며들지 않았을까 짐작된다 그러나 곧 고요히 지켜보는
방관자의 성품일 수 있다 어떤 상황에 휘말리지 않으려 애
쓰는 힘일 수 있다 차디찬 이성은 아니다 따뜻하고 보드라
운 기운일 수 있다 빛을 켜고 걷는 사람 옆, 빛을 끄고 걷는
사람일 수 있다 식물의 순처럼 저절로 빛을 켜는 사람을 관
찰하는 또 한 사람일 수 있다 바라보고 생각하는 사람이다
앞으로 치닫지 않고 조용히 따라가는 사람이다 마음의 위

쪽 맑은 물을 떠올리는 사람이다 애완견을 키우지 않지만 목줄을 잡고 있는 사람이라 생각하면 그 사람에게 불손하지만 목줄을 잡은 사람일 수 있다 우리라는 말이 성립되는지 알 수 없지만 우리는 수평적 관계는 아니지만 수평적 관계다 다만 해가 한 사람 안에서 한 사람을 슬며시 불러내듯 한 사람 옆에 조금 떨어져서 걷고 있다 관객은 아니지만 관객처럼 말을 나누지는 않지만 말을 나누는 듯이 꼭 바라보는 것은 아니지만 바라보듯이 한 사람 옆에 한 사람이 순간을 걷고 한 사람 옆에 한 사람이 영원을 걷고 있다 나란하게

보존법칙

저쪽이 충족되지 않아 나는 늘 저쪽에 있다 저쪽이라 믿고 도착하면 저쪽은 연장된다 저쪽은 둥글어졌다가 사라진 아버지가 있고 불가능한 사람도 있다 다음을 약속하지 않은 것은 저쪽에 나를 두고 싶기 때문이다 나를 변질시키고 싶지 않기 때문이다 밥을 함께 하면 나는 변질될 것이다 차를 함께 하면 당신은 변질될 것이다 술을 나누면 우리는 디오니소스의 무질서에 가담할 것이다 저쪽은 아름답다 저쪽에 있어야 한다 꺾을 수 없는 꽃이어야 한다 한 번 본 만큼 우리는 변질되었다 얼굴에 햇볕의 흔적이 생겼고 창밖을 자주 내다보며 슬프고 한 번 만난 것으로 말수가 적은 사람으로 훼손되었다 경험할 수 없는 감각할 수 없는 나는 아름답다 당신은 나와 가장 가까운 곳으로 오겠다고 했지만 나는 저쪽에 있을 것이다 나와 반대 항에

멀리 있는 것들은 환멸이 생기지 않아 당신은 아름답고 아버지는 새롭다

내부

　내부의 비밀이 조금 밝혀졌다 사과가 나타났다 사과는 붉고 둥글고 달고 신 맛이 난다고 생각했다 나는 사과를 먹어보지 않았고 표면만 보았다 그러나 나는 알고 있다 사과를*

　50명의 아이들이 무대로 나와서 노래를 불렀다 해돋이 합창단이라고 했다 경이로웠다 나는 그 아이들을 모른다 내부에서 경이롭다고 말했다 옆에 앉은 사람이 바나나를 한 개 건넸다 내부에서 바나나 맛을 알고 입맛을 느끼고 있었다

　한때 내부의 사람이 힘이 약해서 외부의 사람이 다치는데 손 하나 까딱할 수 없었다 내부의 사람은 손발이 묶인 것 같았다 외부의 사람이 방관자라고 나무라지는 않았지만 내부의 사람은 오랫동안 사라진 힘에 대해 생각했다 손발이 언제 풀려났는지 알 수 없지만 일관되게 화초의 뿌리를 돌보고 있을 때부터다 화초의 뿌리와 꽃의 내부와 외부로 구분 짓는 것도 이상하지만 안과 바깥이 현상적으로 분명했으므로 내부의 사람은 뿌리의 중요성을 염두에 두고 있

었다

　외향적으로 멀리 가지 말라고 내부는 당부했지만 외부는
외부를 옹호했다 외부가 내부를 돌보지 않는다면 순이 시
들시들 마를 것이라고 내부는 말했다 외부는 겸손하게 받
아들이겠다고 나중에 사과를 했다 햇살 가까이서 반짝여주
어 고맙다고 내부는 답했다

　내부의 범주에 대해 고요히 생각해 본다 어두운 곳에 있
기, 외부에 힘을 주기, 외부의 외향적인 것을 인정하기

　내부가 춤추는 기분이었으므로 창밖의 나무가 춤춘다고
느꼈다 나무가 어떤 기분으로 흔들렸는지는 알 수 없었다
나무는 나무의 주체로써, 내부는 내부의 주체로써 간섭하
지 않는 심연이 가로놓여 있었다

　내부가 의자에 가만히 앉아 있는 것은 아니다 내일 외출
하기 위해 덤불같이 엉켜 있는 뿌리를 처리해야 한다

내부가 쏟아지고 없는 듯한 사람이 '아이를 찾습니다.' 종이를 내민다 학교에 간 아이들이 무사하기를 기원한다

그와 약속을 했고 며칠 전부터 파장으로 밀려가고 밀려왔다

창가에 앉았다 표면장력처럼 말을 하고 말을 받았다 나는 여리게 진동하고 그는 아름답고 우울하게 밀려왔다

* 칸트의 철학적 개념

그 순간

그 사람은 그 순간을 옮기는데 공기가 너무 많이 들어간 느낌이 들었다 그 순간을 옮겨보려고 말을 했지만 내용은 어디에 있을까 느낌을 옮길 수가 없었다 그 사람은 그 순간 이었는데 지금은 그 순간을 겪은 사람이 아니다 지금 그 순간은 공기 중에 있나 그 사람은 공기 중에서 희석되고 있나

그곳은 캄캄한 밤이었는데 그 사람은 손에 전등도 들고 있지 않았는데 공원 입구에서부터 밝아지기 시작했다 해가 떠올랐던 모양이다 도저히 그곳은 불가능했다 불가능을 옮 겼고 말을 듣고 있던 사람들은 불가능을 받았다 공기 중에 구라*가 배증하여 몸이 수십 배로 커진 것일까 그 사람은 그 순간에서 저쪽 순간까지 가버린 것이다 그때는 겨울이 었고 사과를 옮길 수 없어 사과 이름만 옮겼다

여름을 지나고 미니사과가 익어가는 정원을 지나고 어딘 가를 건너갔다 다음 순간 그다음 순간이 생명 속에 들어와 서 우주는 자꾸 커지고 차를 타고 가며 휙휙 지나가고 결국 그 사람의 생명을 휙휙 지나가고 있었다

햇살 속에 꽃을 키우는 손이 있었고 꽃을 죽이는 손이 있었다 꽃 스스로 정한 기한이라고 햇살의 손들은 말했다

공원을 걸었다 차를 타지 않아서 조금 천천히 뒤로 공원이 물러났다 의도하지 않게 그 사람은 휘발되고 새로 나타나고 있었다 한참 커져 버린 우주 저쪽으로 그 사람은 공원과 함께 물러나고 있었다 그 순간은 그 순간에 있고 그 사람은 물을 섞어 넣은 듯 밍밍해지고 있었다 그 사람은 감정으로 죽거나 이성으로 차가워지고 있었다 이러다 죽겠군…… 이러다 얼음이 되겠군…… 나무에서 꽃이 떨어진 너머로 해방되고 있었다

* 불교 설화에 나오는 '구라'라는 벌레는 바람이 불면 바람을 먹고 몸을 크게 키운다고 한다. 시간의 경과에 따라 사람의 세계도 무한으로 확장된다는 의미로 사용함.

한 송이

집을 땅속이라고 불러도 된다면 그는 땅속에 있었다 내어 쉬는 숨이 아니라 안으로 잦아드는 숨을 쉬고 있었다 작다는 말이 성립되지 않았다 없다고 하는 말이 맞다 있다고 하는 말도 맞다

밤이 되면 집으로 잦아드는 사람들 그들은 어디엔가 있다 어디엔가 있으므로 어딘가에는 없다

그 사람 a는 직선으로 걸어가서 미래에 있고 그 사람 b는 현재에서 순간을 매듭짓고 그 사람 c는 마이너스 사람으로 보이지 않게 되었다

그는 가끔 외출한다 그는 가끔 있다

외출하기 위해 며칠을 땅속을 뚫고 나온다 땅에서 생생한 모습을 끌어올려야 한다 집을 땅속이라고 불러도 된다면

오늘은 이쪽 잎을 달고 내일은 저쪽 잎을 달고 또 오늘은 물관을 타고 순을 키워 꽃받침을 세우고 또 내일은 꽃을 거

울에 띄우고 이상적인 그를 끌어올리는 것이다

집으로 돌아오는 길에도 그가 아름답다면 집에 와서 가족의 밥을 차리는 동안에도 그가 아름답다면 외출했을 때를 떨쳐내지 못한 것이다 며칠 동안 컵에 담긴 꽃처럼 피어 있을 것이다 목이 잘린 꽃은 며칠간 꽃을 반영하고 외출을 마친 사람은 며칠간 외출을 반영하여

고요함을 넘어 오래 정지된 순간을 중심으로 돌며 며칠간 집으로 드는 것이다 집으로 들 때 떨어진 꽃잎을 모아 한 다발 이야기, 외출하던 자세로 약간 공중에 떠 있는 자세로 말라가는 꽃 한 송이, 작게 응결되는 씨앗 하나

화살 사람

그때 그 청년이 다가와 그녀가 늙을 때까지 같이 있어 주겠다고 했다 강철 같은 젊음을 녹여서 그녀가 있는 곳까지 오겠다고 했다 어린 사람이 어른이 되면서 오거나 어린나무가 대수로 자라면서 오겠다고 했다 그녀도 가만히 있지 않았다 어린 사람이 자라면서 혹은 어린나무가 자라면서 기다리겠다고 답했다 그는 오면서 청년을 잃어야 할 만큼 그녀를 높은 산 고지라고 했다 그녀는 높은 산일뿐만 아니라 제 귀에 들려오는 모든 초침 소리라고 했다 점과 선과 면과 시간을 더하여 어른이 되어가며, 큰 나무가 되어가며. 그녀를 만나러 오고 또 오고 어느 날 마침내 그의 청년이 죽고 그의 중년이 죽는 동안에도 여름 한낮의 온도를 유지하며 변화하는 세상을 건너 달라지는 기분도 없이 오고 또 왔다 세 개의 길, 네 개의 길에서 방향을 틀지 않는 걸음이 숲으로 우거져서 왔다 그녀는 그의 걸음에 보답하기 위해 매 순간 다른 방향으로 내밀히 걸음을 옮기려 하는 자세를 교정했다

그는 언제나 처음 왔다 등 뒤에는 한 번만 왔던, 단 한 번만 왔던 길이 가득히 있었다 난생처음만 있었다 두 번 오고

세 번도 올 수 있을 것이라고 생각했지만 매번 왔으므로 단한 번만 올 수 있었다 물론 그 길들의 음영이 남아 있어 원근법이 발생하는 간극, 여기는 그곳과 다른 여름인데 그녀가 그녀와도 멀어져 가는 곳에 그는 그의 모든 것을 떠나며 오고 있다 흰머리가 바람에 휘날리고 있다 저기 오고 있는 그는 아직도 여름 한낮의 온도로 곡선으로 이루어진 길을 망설임도 없이 오고 있다

　형, 내가 너무 먼 곳에 있었지 고단하겠다

　오래 기다렸지 거의 다 왔어 곧 우리는 한 사람이 될 거야

　그는 그녀에게로 오면서 먼 길을 숨 쉬고 그녀의 높은 산과 깊고 위험한 산정을 겪었다 아직도 겪고 있다

무엇입니까?

   호수는 멀리까지 떠날 수 있는 돌을 만났습니다 물이 가운데서부터 원을 그리며 퍼져나갔습니다 호수의 초월이었습니다 음악이 흐르고 호수는 노래를 불렀습니다 호수가 부르는 노래는 사람은 듣지 못했습니다 호수의 파동 파장만 알 뿐이었습니다 퍼져나갔던 동그라미가 호수로 돌아왔다고 생각했던 건 사람의 한계였습니다 호수의 노래는 끝없이 흐르고 있었습니다 물뱀은 눈을 가지고 있었지만 호수 물 온도로 호수를 보았습니다 호수의 동그라미를 따라나섰던 사람은 끝나지 않는 노래를 듣느라 여전히 동그라미를 따라가고 있습니다 돌에 맞은 호수는 상상력으로 호수를 끌고 갑니다 동그라미를 따라나선 사람의 발걸음이 짧았기 때문입니다 동그라미가 가는 곳은 도착할 수 없는 먼 곳입니다만 분명히 있는 곳입니다 화가가 하느님을 물감에 섞는 것도 그런 이유입니다 호수 바깥으로 밀려간 동그라미는 상상계로 넘어간 것입니다 초감성으로만 가볼 수 있는 곳입니다 호수는 호수에 뿌리내린 채 살아갑니다

   고요한 것은 호수의 리얼리즘입니다 수직으로 깊은 것은 호수의 리얼리즘입니다 돌을 기다리는 시간도 호수의 리얼

리즘입니다 늪지를 타고 올라야 할 만큼 음습한 것도 호수
의 리얼리즘입니다 웅크린 자세를 보고 꽃씨 같다고 하셨
습니까 생각으로 움직임의 전부인 때였습니다 그게 호수의
동선입니다 돌을 정통으로 맞고 동그라미로 퍼져나간 것
그것이 호수의 지향점입니다 답은 여러 개입니다만

식목일

놀이터를 가졌고 놀고 있다 일을 했는데 놀고 있다 일터에서 견디는 사람이었는데 놀고 있다 그것은 키가 큰 것과 동일할 것 같고 뿌리 쪽을 상찬해야 될 것 같고 마중물 같은 책을 읽었는데 펌프질에 잔잔한 물고기 같은 글자들이 쏟아져 나온다 마중물 같은 음악을 들었는데 글자들이 오글오글 쏟아져 나온다 나는 들린 듯 춤추고 들린 듯 놀고 있다 이만한 놀이터가 세상에 또 있을까

카프카는 벌레가 되었다는데 내게로 와서는 물고기가 되었다 손에서 미끄러져 가는 물고기, 잡히지 않는 물고기, 카프카는 흥을 돋우고 손가락과 손가락 사이는 넓고 카프카는 무한하고 방향을 예측할 수 없고 방향을 정했으나 방향대로 갈 수 없고 그리하여 나는 카프카, 멀리까지 살아내고, 내 놀이는 카프카의 메아리

아무리 가도 도서관에 도착할 수 없고 도서관의 깊은 압력, 넓은 압력에 도서관 가장자리만 형태를 바꿀 뿐 가장자리를 계속 맴돌며 도서관으로 이어져 가고 파도처럼 가장자리를 퍼뜨리는 도서관, 도서관 안으로 들어가 보려는 시

도는 즐거운 놀이

도서관 문은 계속 열리고 있다 내일 가면 열려 있고, 일
요일이 지나면 열려 있고, 공휴일이 지나면 열려 있고, 도
서관 문을 밀고 있다 도서관 문은 일관한다 도서관의 동일
한 유지 10년 20년이 가도 깊어지고 넓어지는 도서관, 한
권의 책을 펼치면 한 권의 책에 묶여 있고 한 권의 책을 내
려놓으면 모든 책에 묶여 있는

생일 밥을 먹고 도서관으로 갔다 '나'를 '너'라고 부르며
식물 한 포기를 마주 보았다 식물이라기보다 씨앗이다 무
엇이 될지 짐작하고 있는 그 나무일지 확신할 수 없는 식물
이면서 식물을 키우는 사람이 된 생일날, 어른인 줄 알았는
데 그제야 마주 보는 대상이 되었다 모든 꽃은 1년에 한 번
피는 생태를 가졌다는 오해…… 무너져라 책이여 씨앗은
희열하여 식물은 희열하여

지구본

　너를 12면으로 가정하면 어떤 면은 햇볕이 안 들어 아기 같고 어떤 면은 너머에 가 있고 어떤 면은 너 혼자 사는 무인지대고 어떤 면은 끊임없이 흔들리는 나무가 한 그루 서 있고 어떤 면은 허공을 부유할 먼지가 폭풍전야를 두려워하며 몸을 웅크리고 있고 그 옆에 바람이 호랑이 코털 같은 촉수를 늘어뜨리고 잠들어 있고 산 위에 바람과 싸우는 사람이 서 있고 그 옆에 바람과 싸우는 나무가 서 있고 숲을 바라보고 있었는데 정글 같아 이름을 불러주지 못한 초목들, 이름을 불러주지 못한 들, 어디가 너의 정면인지 땅을 바라보고 있었는데 어디가 너의 방향인지 허공을 바라보고 있었는데 어디가 너의 영혼인지 자꾸자꾸 시선이 옮겨 다녀서 어디가 너의 뒷면인지, 아침 이슬이 맺히는 면, 안개가 잦은 면, 악어가 자주 출몰하는 늪지 면…… 어지럽다 생명의 움직임이 이런 것이라면 고스란히 홀로 감당해야 한다면 식물 순과 같은 머리, 어지러운 중에도 가장 정면 그러는 중에도 너는 정면을 면하며 이리저리 고개를 돌리고 있다

부조리

사람이 나타나면 정적이 유리처럼 깨어진다 그때까지 고요하던 생이 파닥이기 시작한다 의자는 관망하는 자리이고 사는 자리가 아니다 의자는 무엇을 지켜보기에 좋은 자리이고 사는 자리가 아니다

태어날 때 어머니가 의자도 낳아주셨다 의자에 앉아서 최대한 꿈틀거려보려고 했다 그러면 사는 것이 될지도 고요한 것에 저항하는 것이 될지도 모른다고 생각했다

의자는 잠을 자기에 좋고 맑은 날 창문을 바라보기에 좋았다

기다려! 누가 하는 말인지 알 수 없지만 어디에 무엇을 심어놓았는지 어디 가서 무엇을 싹틔우려는지 기다려!

옛날에는 어머니가 기대라고 준 의자라고 생각했는데 앉아서 기다리는 의자인가? 생각을 바꾸게 되었다 아주 조금 살고 의자에 오래 앉아 있었다 아직 의자가 낡지 않은 것에 안도가 되었다 기다릴 것이 많았다

어느 날 문득 '의자에 앉았다'가 아니라 의자에서 산다고 생각을 바꾸었다 보통 사람으로 살려고 하다니 어리석었다

당신은 애초에 의자에서 무언가를 기다리며 살아야 한다 당신은 애초에 의자에서 생각이 많은 생을 살아야 한다 당신은 애초에 의자를 지나 의자로 가서 의자를 지나 의자로 가서 창밖을 내다보며 살아야 한다

기다려야 한다면 무엇을 기다려야 하는지 몰랐다 의자의 수를 헤아릴 수가 없었다 그제야 당신이 바로 의자라는 것을 알아차렸다 당신은 의자였고 의자이고 의자일 것이다 저주가 아니다 의자에서, 의자는, 의자를, 사는 거니까 의자가 낡아서 사라질 수 있다는 것은 행운이다 한 생을 의자로 사는 것도 의미는 있지 독자적이니까

창밖에는 걸어 다니는 사람들… 바람이 불 때마다 일동으로 흔들리는 나무들… 모두 한 사람 같고 한 그루 같다

당신은 섬이 아니다 보통명사로 불리어서는 안 된다

느림의 미학을 사는군요. 빠르게 흘러가는 세상에서 홀로 마음이 조급하지 않을 것이고 달려서 어디를 가는 일도 없겠죠?

환경이 다를 뿐입니다.

제3부

행복해지고 있습니다

행복해지고 있습니다

발걸음 소리 촘촘하게 하늘을 울려 퍼지도록 불러 모았습니다 발걸음 소리는 광장 위에 가득하여 합창을 합니다 모일수록 더욱 웅장하여 노랫소리는 백 명 이백 명 천 명아, 수를 헤아리는 일이 무의미한 나의 화음입니다 벽돌 한개, 벽돌 두 개, 발걸음을 옮길 때마다 나는 우뚝 세워졌습니다 그것이 건축물이든 사람이든 꺼낸 만큼 길 위로 옮겨져서 혼자서 듣는 노래 같기도 합니다 때로는 혼자서 보는 그림 같기도 합니다 나는 키가 느리게 자라는 차별이 있습니다 비는 같은 날 평등하게 내려 전 세계의 산을 적시고 전 세계의 하늘에는 구름이 가득히 평등하게 덮여 있고 세계의 초목이 나란히 비를 맞았습니다 성질이 달라 키가 동일하지 않습니다 나는 큰 나무 작은 나무 중에 작은 나무입니다 같은 구름 아래서 같은 비를 같은 날 맞고도 기근이 다르고 모습이 다르고 일조량이 작은 나는 가을입니다 아니 가을꽃입니다 구름은 평등하고 비는 평등하고 나무는 독자적이고 나는 또 나대로 키가 작아 독자적입니다 그러므로 늦었지만 자라는 걸 멈출 줄 모릅니다 비는 여러 번 내렸고 나는 여러 번 차이를 겪었습니다 여러 번 보라색 꽃을 피웠습니다 일조량이 작은 탓이 아니라 독자적인 약간

어두운 보라색 꽃입니다 피었다 지는 반복 속에 어느 해 가을과 어느 해 가을을 모두 담고 있습니다 가을의 태도 보라색의 태도에 너무 진지해서 색깔이 짙어지고 있다고 하셨습니까 좀 여유가 없어 보이긴 합니다 그러나 각오한 삶이었습니다 보라색 꽃을 키우는 나무등치가 커지고 있습니다 그것이 행복과 상관이 있는가에 대해 생각합니다 한편 그것이 행복과 다른 이유가 무엇인가를 생각합니다 꽃 자체가 표현하고 있습니다 오늘은 바람 불어 흔들리는 나무가 춤추는 듯이 보입니다 행복 다음에 졸음이 오는 상황까지는 아닙니다 고통도 맛이라는 사실까지 왔습니다 꽃이 질때 내가 소로로 잠이 든다면 그 무수한 걸음들의 한 잎 아름다운 낙하 그곳은 아직 멀리 있습니다만

도덕

의무에는 감정이 개입할 틈이 없습니다 개입해서도 안
됩니다 자신이 명령하는 목소리와 자신이 따르는 행동이
있습니다

발을 절룩거리며 따라가기도 하고 가려는 사람을 간신히
붙잡기도 합니다 광활하여 법정이 어디에 세워졌는지는 알
수 없지만 투명한 법을 존경합니다 나는 그때 바람에도 쓰
러지지 않는 나무를 키우고 있었습니다

신을 믿지 않지만 공기를 믿습니다 복종하는 것이 아니
라 나무를 뽑히지 않게 하는 것입니다 언젠가 바람에 끌려
가지 않게 해 달라고 기도한 적이 있습니다 지금도 기도는
멈추지 않습니다 바람은 날마다 불고 있습니다 나무는 바
람의 키를 넘지 못했기 때문입니다

내게 명령하는 목소리가 크고 그 목소리에 따르는 사람
의 수가 많은 동안은 나무는 넘어지지 않을 것입니다 감정
이 들어올 때마다 다른 것으로 변질되곤 했습니다

나는 건물이었지만 벽을 허물지 않았습니다 몇 번 허물어질 위기가 있었지만 벽을 이룬 힘들이 합동으로 힘을 모아서 온전하게 서 있을 수 있었습니다

사랑이 내가 세워둔 법을 위배하려고 했고 법정은 유명무실해질 위험에 빠졌습니다 다행히 멀리 갈 수 있었던 모양입니다 걸음이 옮겨졌던 모양입니다 방향이 정해졌던 모양입니다 봄을 떠날 수 있었던 모양입니다 머릿속의 생각들이 저절로 희미해졌던 모양입니다 선생은 법을 지키는 것을 내재된 재능이라 말하고* 나는 힘이라고 말합니다

정원사가 가위를 들고나온다면 법이 탄탄한 식물일 것입니다 정원사를 고용하지 않았지만 커트를 잘하는 '힘'이 어디서 나타났을까요

나는 주인이며 하인입니다 때로는 자연이라서 하인입니다 자연이 수박이거나 참외라면 스스로 물을 주고 기른다면 나는 주인입니다 수박이 자라고 참외가 자란다면 나는 자연입니다 그러므로 하인입니다

마음 가는 대로 하라고? 그곳이 늪지라면? 나는 마음에 종속되고 싶지 않습니다 기도하는 자세, 저항하는 자세에 자유의 성분이 있다면 기꺼이 자연을 버릴 것입니다 벼랑 아래 늪지가 있고 악어가 입을 벌리고 있다면 내가 붙잡고 있던 나무를 악어 입에 던져줄 것입니다 나는 악어에 먹히지 않고 자유롭게 죽을 것입니다

태풍이 불 때 나무가 저항합니다 그것을 나무의 이성이라고 생각합니다 지루하게 생각될 때 음악을 듣거나 벽이라고 생각하여 문을 여는 그것을 살아가는 재능이라 할지라도 자연이라고 생각합니다

동물을 보이지 않게 숨겨두었다고 해서 나쁠 것 없죠 나는 자유주의자니까요

겨울이 이성적이라고 말할 수는 없지만 자연을 통제하는 힘이 강해서 겨울을 선호합니다 옆얼굴이 차갑다고 선뜻 다가가기 어렵다고 하셨습니까 사람이고 싶습니다 동물은

자연을 숭배하니 자유와 자연 사이가 팽팽히 당겨질 이유
를 잃어버리겠습니다

　굴하지 않는 것이 자유라고 하네요 새가 아니라… 창밖
나무에 핀 꽃을 보고 있습니다 선생의 말대로라면 자연일
텐데요 굴하지 않고 피운 꽃이 아닐까 생각합니다

＊칸트

백조의 불안

물밑의 발은 암굴왕입니다 오리의 무리 속에서 오리로 살았던 것이 아닙니다 사실은 오리였습니다 물밑의 잠재된 발이 하얀 새로 나타날 것이라고 믿고 있습니다 그 사이 밤이 왔습니다 하얀 새에 대한 믿음이 희미해졌습니다 많은 오리들 속에 한 마리로 섞였습니다

오리가 무엇을 초월할 수 있을까요

잠재적인 백조와 오리 사이에 단절은 없었습니다 물밑의 발이 계속 백조를 찾고 있었으니

오리가 조금 컸을 뿐입니다 뒤바뀔 때도 있었습니다만

오리와 백조는 흐린 날과 화창한 날의 차이로 나타나기도 하고 사라지기도 했습니다 오늘은 백조의 마음, 어제는 오리의 행동, 나는 순환합니다

혼자 창밖을 내다보고 있는데 낯선 사람이 '백조'라고 불렀습니다 '아! 오늘은'

재불거리는 발놀림은 지루하게 계속되었습니다 발놀림
이 성장할 때마다 방향이 선명해져 갔습니다

오늘은 날이 흐려 백조가 희미합니다 오리에게로 간 것
은 아닌지 '오래 지루하게 물밑에서 재불거리던 발은 하루
쯤은 쉬어도 되지 않을까.'

태양에게 왈츠풍의 밝은 빛을 선물 받았을까요 암굴왕의
감정은 경쾌합니다 그러나 내일부터 겨울비가 온다고 합
니다

흐리고 비가 오니 이 호수에는 백조가 살지 않을 것 같습
니다

세상에 알려진 그 이야기는 단편적입니다 오리 무리 속
에 한 마리 백조라니요 그렇게 쉬울라구요 그 하얀 새를 닮
아갈 뿐입니다

평정심을 잃지 않기 위해 발놀림을 멈출 수가 없습니다 어제는 바람이 불어 물이 흔들렸습니다 감정이 급격히 호수 아래로 떨어져서 발을 담근 물속이 차가웠습니다 내일도 날이 흐리다고 합니다

'너는 염결성이 너무 강해 가외의 길이라는 것도 있는 법인데.' 당신이 해준 말입니다만 어제 오리가 나를 방문했습니다 아직 가지 않고 있습니다

오늘은 대체로 맑습니다 개인의 날씨는 누가 관장하는지 알 수 없지만 백조를 향해 멀리까지 갈 수 있을 것 같습니다 전원 풍경이 호수를 지나고 미풍이 불고 서정적인 발놀림입니다 저 둥근 호수를 건너면 백조가 있다고 합니다

오리 무리 속의 이방의 오리, 오리 내부에 어떤 다툼이 있는 걸까요 어머니는 늘 나를 미워하고 형제들과 함께 있어도 외롭고 나는 오리 내부로부터 밀려났습니다

오리와 백조를 가득 메운 발자국들 무수히 떠내려가고도

물 위에 화석이 된 발자국들 하얀 백조보다 발자국이 더 아름다운 것에 대해서는 아무도 말하지 않았습니다

평면의 물 위, 어느 쪽으로 가든 둥글기만 한 호수, 둥근 물길이 끝이 있을 리 없고 이제 그만 평화롭고 싶습니다

잠 깨고 나면 거울 속에 오리가 상으로 맺혀 있다면

오리를 떠나온 세계가 호수였다면 백조를 향해가는 세계가 호수였다면

영원히 평면일 것 같고 잠들기에 적당한 호수에 넘어야 할 갈등이 있는 듯 안개가 피고 비가 오고 바람이 몰아칩니다 그러나 이내 물 표면의 고즈넉함은 같은 자리를 느끼게 합니다 싸워야 할 대상이 없는 듯합니다

호수에 백조가 살 것이라는 막연한 믿음은 잴 수 없는 수심의 깊이와 고즈넉한 역사 때문입니다

분명한 것은 한 번도 발놀림을 멈출 수 없다는 것입니다

오리이고 백조인 호수, 서로 같은 세계에 살며 다른 모습을 구하여 오리인지 백조인지 구분이 안 되는 발놀림 위에 꿈인 듯 백조가 아! 하얀 새가

백조

무엇을 보았는지 무엇을 느꼈는지 매일 점검했다 검열은 엄격했다 어떤 사람을 만났는지 그와는 어떤 마음을 나누었는지… 백조를 잃지 않아야 했다

그것을 기도라고 할 수 있을지 모르겠지만 그것을 꽃을 수호하는 것이라고 할 수 있을지 알 수 없지만 바깥 모습은 안에서 나오는 것이니 하얀색은 벗을 수 있는 옷이 아닐 것이니

내가 어떻게 살았는지 어떻게 살고 있는지 모습만 있을 뿐 아무것도 설명하지 않았다 모습이 모든 것을 함축하고 있었다

내가 아름답다는 것을 당신이 느끼기를 요청할 수 있다 아무 말 없이

당신은 내가 사는 모습을 보지 않았다 그러나 하얀 날개를 펼치며 춤을 출 것이라는 것을 알고 있다 모든 발놀림을 건너 하얀 날개에 도착하리라는 것을 알고 있다 아무것도

속일 수 없다

그럼에도 그 새가 되기에 무엇이 부족한가를 생각했다
그 새가 되기에 슬픔이 부족한가를 생각했다 그 새가 되기
에 고난이 부족한가를 생각했다

종종거리는 걸음이었지만 발걸음은 발걸음을 넘어서 너
머로 갔다 이력이 쌓여갔지만 설명되는 일은 아니다 그러
나 질서 위에 질서가 거듭 쌓여 양팔을 펼칠 때 춤이 조금
씩 돋아나는 깃털 같은 것이 있었다

날개를 숨겼거나 춤을 숨겼거나 하얀색이 어둠에 가려졌
다 해도 달라진 것은 없다 다른 새와 다른 것을 먹고 다른
새와 다르게 행동해야 하얀 날개가 돋아난다고 사는 것으
로써 그 새가 되거나 사는 것으로써 까마귀가 등장한다
고……

아름다움을 키울 수 있나요? 정원에 심어질 때부터 그 이
름을 가진 식물이 그 꽃에 이르는 이야기를 들려주세요.

그 새와 어울리지 않는 행동은 물리친 것이 아니라 연이 닿지 않았다 그 새는 거대해서 그 새를 벗어나지 않았다 늘 그 새 안에 있는 하얀 색을 보았다

백조는 백조를 아는 것이 중요하다 선천적으로 악보처럼 그려진 것이 있다

얼음공주

얼음공주가 살았던 얼음성의 성터를 둘러보았다 녹아서 약간의 미온을 가진 물이 되어 꽃을 키우러 갔다고 했다 모두들 집은 두고 가는데 집도 함께 가고 빈터만 남아 있었다 집과 그 집에 살던 사람이 하나의 성분과 하나의 에너지로 하나의 목적지로 이어져 있었던 것을 성터에서 발견할 수 었었다

맨 먼저 제 몸을 녹여야 했던 사람은 얼음공주였다 그녀가 얼음을 녹이는 열쇠를 가지고 있었다 얼음성과 얼음공주가 녹고 나니 얼음성에서 살던 사람들은 각각 제 모습을 얻었다 얼음성과 얼음공주는 꽃을 키우는 물이 되었고 땅에 심어져 꽃이 된 사람들과 공주를 지키는 무사가 된 사람으로 나뉘어졌다

누군가 햇볕이 고르게 내리는 땅이 되어 주었고 누군가는 몸을 숙여 그 땅 위에 꽃모종을 옮겨 심어 주었다 공주는 이제 봄바람을 맞으며 오전에는 미온의 온도를 가진 물로 꽃을 키우고 오후에는 시를 쓰면서 살고 있을지도 모르겠다

갑자기 눈이 오는 특별한 날도 있을 것이다 눈이 와서 물은 미온의 온도를 잃겠지만 꽃을 키우는 정체성을 얻어 얼음으로는 돌아가지 않을 것이다 그냥 눈 오는 특별한 날이라서 이벤트 같은 그런 눈 오는 날일 것이다

아바타화*

보호자가 필요합니다 성을 짓겠다는 뜻은 아닙니다 제비
꽃을 고집하지도 않습니다 다만 선명해지고 싶습니다 존재
의 일의성은 새가 날아간 길과 닮아 있어서

담을 무너뜨린 넝쿨장미가 우리 집에 있습니다 지붕을
뚫고 올라간 석류나무도 있습니다 그들의 우주가 집보다
담장보다 컸으리라 생각합니다

따뜻한 집이 필요하고 따뜻한 가족이 필요합니다 제비꽃
이라면 제비꽃으로 사는 게 중요합니다 그것뿐입니다

날마다 미세하게 균열이 생기듯 전개되는 삶으로써 나는 공
간의 틀, 시간의 틀을 깨뜨려보려고 했습니다만 내가 자꾸 밖
으로 나간다면 제비꽃은 벽돌을 허물어뜨리고 급기야 무너질
것입니다 제비꽃을 무너뜨리고 무엇이 되려고 하지 않으렵니
다 제비꽃으로 부여받은 우주조차 다 횡단하지 못했으니까요

맴돌듯 반복하여 살아서 서사 속에서 나는 불멸하게 되
었습니다 튼튼한 집에서 살고 있었던 건 아닙니다 매 순간

낭떠러지에 선 듯이 나는 완성되어 가고 있습니다

긴 순간과 넓은 영원을 건넙니다 투명한 회랑을 소리가 건너며 사라집니다 투명한 회랑에 소리의 울림이 쌓입니다

가을이 나뭇잎을 떨어뜨리며 세계를 깨트립니다 더 큰 가을을 짓기 위해

문이 닫혀야 집은 완성됩니다 그래야 보호자가 됩니다 그래야 안온합니다

겨울잠, 그 깊고 넓은 곳, 태어나기 위한 오랜 곳

내 그림자 아래 떨어진 나무 그림자, 구름 그림자, 해바라기 그림자, 누군가를 고통에 빠트린 사람 그림자, 무언가를 낭비한 사람 그림자, 그림자들…… 모두 내가 살았던 곳입니다

* 윤회에 의해 시간의 틀, 공간의 틀, 존재의 틀이 형성된다는 인도철학

별

　맞은 편 사람은 그를 원근법으로 보았다 추상회화는 아니지만 가까이 갈 수 없기 때문이다 말 따로 행동 따로 마음 따로 모여 있는 그림이다 마음을 여러 번 포개 놓아서 위치를 점할 수가 없다 아무것도 들은 말이 없으니 아는 것은 없다 알아서 좋을 것이 없을 것 같기도 하다 두 손으로 맞은 편 사람의 손을 따뜻하게 감싸 쥐는 것은 어떤 마음을 어떤 행동으로 치환하여 옮겨 놓은 것일지도 모를 일, 맞은 편 사람은 희미하게 알아들었다 그러나 무엇을 할 수 있을까

　안개 속에 숨은 나무를 빛에 노출해서는 안 되고 붉은 열매가 맺히도록 해서도 안 된다

　맞은 편 사람은 안개가 벽인 듯 기대어 서기로 한다 안개를 경계로 하여 그들은 존경할 것이다 평소 존경했던 마음을 그대로 유지할 것이다 안개를 경계로 하여 그들은 순결할 것이고 고결할 것이다

　그냥 그런 계절에 들었습니다 그런 계절도 있는 것 아니겠습니까

맞은 편 사람은 안개가 견고하길 바라는 듯했다 해가 떠도 사라지지 않길 바라는 듯했다 새는 품어 안을 수 없는 사물이라는데 새를 품어 안으려는 마음이 안개의 이쪽과 저쪽에 있을 것이다 그들은 무한히 큰 정신을 가진 듯도 한데 약간의 사람 성분이랄까 불완전한 마음들은 운동할 수 없어 해방은 없을 것이다 운동 바깥의 운동은 아무리 해도 운동으로 이어지지 않을 것이다

그가 커다란 성이라면 맞은 편 사람은 성안에서 사는 것이 틀림없다 성안 어디쯤에서 사는지는 그만이 알 것이다 시간에 따라 사는 곳이 바뀔 수도 있을 것이다 정신 운동을 거듭하여 질적인 변화를 줄지 아무런 운동도 없이 양적으로 조금씩 해방될지 알 수 없다 그래도 그의 성안에서 산다는 게 다행 아닌가 맞은 편 사람은 자신이 살고 있는 위치에 대해서는 생각하지 않기로 했다

고독

　말은 천천히 사이를 두고 달려야 한다 말과 말 사이가 없어서 그냥 소낙비가 내리듯 달렸다 말과 말 사이에 숲이 있어야 한다 말과 말 사이에 강이 있어야 한다 때로는 건널 수 없는 바다가 있어야 한다

　달려가면서 말이 내면의 모습을 누설한 것이다 사이에 숲이 있다면 말 내면의 숲길을 걸을 수 있을 것이다 새소리도 들을 수 있을 것이다 때가 가을이라면 가을 숲의 뒷모습도 볼 수 있을 것이다

　말이 서 있는 평원은 가뭄이 들고 풀 한 포기 없어 촘촘하게 서 있던 한 마리 말이 한꺼번에 달릴 때 온통 흙바람이 불고 비가 쏟아지고 눈이 쏟아졌다

　사이에 숲이 있다면 말의 걸음은 늦춰질 것이다 사이에 바다가 있다면 멈춰 서서 사색에 잠길 것이다

　창가에 탈진한 사람이 말을 키우며 고요히 앉았다 집에 창문이 많은 것은 부끄러운 일, 저 창문에는 커튼을 치고

저기 저 창문에는 암막 커튼을 치고 가끔 피아노 소리를 바깥으로 내보내는 정도면 충분할 것이다

　다음에 또 집을 짓는다면 계절이 드나드는 정도, 날씨가 드나드는 정도의 창문을 낼 것이다

　후원이나 화원이 있다면 화원을 거닐며 걸음을 늦출 것이다 어느 꽃 앞에 쪼그려 앉아 풀을 뽑아주며 걸음을 멈출 것이다 고삐를 잡고 있는 주인은 말의 의지이며 고요일 것이다 때로는 말은 행동을 멈추고 말보다 더 높은 곳에 말을 두고 고삐를 잡게 할 것이다 고삐를 잡고 있는 말은 사람의 모습을 하고 있을 것이다 커튼을 내린 건물의 모습을 하고 있을 것이다 때로는 건물 후원에 저녁이 오는 모습을 하고 있을 것이다

기린들

　사랑의 도피행각을 했다는 사람은 용기랄지 아주 큰 기
린이랄지

　오늘도 기린을 죽인다
　날마다 기린을 죽인다

　투명한 공기 속에도 경계가 분명한데
　기린을 죽이지 않는다면 무법자가 될 것이다
　기린에게는 미안한 일이다
　기린을 죽이고 난 뒤 죽은 기린을 안고 기다린다
　기다리다 보면 죽인 흔적도 없을 테니까

　기린이 얼마나 잘 자라는 사람인지
　나는 기린을 죽이기만 했으므로
　식물도 자라지 않고
　동물도 자라지 않는다

　기린이 너무 커서 화분이 깨어진다면
　화분 속 흙이

길 위에 쏟아진다는 것만 알 뿐이다

그래서 기린을 죽인다

물론 기린을 키우기도 한다

우리 안에 동물 기린이 모여 살고

꽃밭 안에 식물 기린이 꽃을 피우며 산다

동물의 수를 줄이거나 우리를 키우거나

꽃을 몇 포기 뽑아내거나 꽃밭을 키우며 산다

그곳이 세계의 전부라고 동물 기린은 생각한다

그곳이 세계의 전부라고 식물 기린은 생각한다

나는 꽃밭과 동물 우리를 키워주며 평화롭게 산다

물론 기린을 키운다

겨울 밭에 비닐하우스를 치고 시금치를 키운다

시금치가 자라서 비닐하우스 바깥으로

나오고 조리를 거쳐 가족들이 먹는다면

시금치는 무한히 큰 기린의 역사를

갖게 될 것이라고 생각하며 평화롭게 산다

개인주의자

혼자 있다고 고요한 것은 아닙니다 이미 들어와 사는 것들이 많습니다 사람만 들어와 사는 게 아닙니다 외부에 가을이 오면 잠들어 있던 가을이 깨어납니다 사랑이 오면 사랑이 깨어납니다 수많은 자신과 수많은 타인들이 깨어납니다 사랑이 웅성거려 소란했습니다 그때 다친 마음이 눈을 뜨고 일어나 가을 내내 불면입니다 혼자 있어도 살 곳이 너무 많습니다 건물 안을 한 번 들여다보시겠습니까 입을 열어 낱낱이 설명할 수 없지만 구석구석 먼지들이 쌓여 있습니다 바람 한 번이면 깨어납니다 꽃이 지면 씨앗으로 돌아가는 무한들입니다

오늘 아침에는 어느 여행지가 떠올랐습니다 기억은 아주 큰 씨앗 주머니 같기도 합니다 씨앗들이 너무 많이 맺혀 있습니다 그것들이 꽃망울을 터트려서 한 번도 혼자 있지 못합니다 작은 건물 안에 너무 많은 것들이 들어와 사는 것 같습니다 지나간 일은 꽃씨로 맺히지 않는 것이 없는 듯합니다 건물보다 바다라는 말이 더 가까울 것 같습니다 많은 생물들이 함께 살고 있어도 다 만나보지 못하니 말입니다 건물이 너무 붐벼서 문을 닫아놓고 있었습니다 바다의 생

태계를 위해 어부가 어획을 하는 게 아닌가 생각해 보기도 합니다 안이 소란할 때 나는 고요해야 합니다 물론 창문을 열고 환기하듯 외출도 하고 사람도 만납니다 체질인지 더 많은 사람과 사건들이 들어와 건물은 터질 듯이 복잡해질 때가 많습니다 물론 창문과 공기의 효과를 낼 때도 있습니다만 먼지 같기도 하고 유리그릇 같기도 한 체질입니다

내가 주체라는 생각을 잠시 했습니다 나도 개화기에만 외출을 하고 사람을 만나니 말입니다 건물이든 꽃씨든 외출할 때 적정온도가 필요합니다

변명 같습니다만 혼자 있는 것을 좋아하는 사람이 아닙니다 꽃씨 같은 것입니다 적정온도가 될 때까지 기다리는 시간입니다 잎도 달지 않고 가지도 뻗지 않고 아마 온도가 낮은 듯합니다

당신을 만나면 끌려들어 가든 끌고 오든 할 테지요 건물은 더 붐빌 여력이 없습니다 늘 의자를 찾고 있습니다 넓은 공터를 찾습니다 촘촘하던 숲이 조금씩 비어가는 가을이

좋습니다 숲에 들어가도 하늘이 보이는 가을이 좋습니다
취향이나 성향과는 다른 의미입니다

제4부
미래에서 오는 사람

시

 말들이 사는 창고가 많은 것 같아요 창고마다 말이 가득 든 것 같아요 그 모든 말을 죽이지 않고 살렸으면 좋겠어요

 문이 한 개고 좁아요 다투지 말고 차례로 나왔으면 좋겠어요

 말들이 앉아 있을 의자, 누워 있을 침대, 걸어갈 길, 말을 마중할 말, 말을 만날 말, 집을 짓는 말, 함께 살 말, 슬픈 노래를 부를 말, 기쁜 노래를 부를 말, 보석처럼 반짝일 말, 쏜살같이 달려갈 말, 쓸쓸한 곳에 당도할 말, 곡진한 삶에 도착할 말, 이별에 당도할 말……

 말을 하다 보니 줄줄이 따라 나오는 말이 있습니다 그것은 안에 있는 일과 바깥에 있는 일이 조우한 것입니다

 약속된 시간보다 늦게 문이 열렸습니다

 어제 만난 그 일은 쩍쩍 그 새소리에 불리어 나갔습니다 나가자 동시에 똑같은 쩍쩍 하나의 새소리를 냈습니다 한

마리 새소리가 완성되었습니다 그 일은 왜 나를 찾아왔을까요 왜 그 새를 만나야 했을까요 왜 그 새를 만나야만 안의 새가 깨어날까요 잠은 무엇을 만나기 위한 기약일까요 나는 그때 새장 안에서 눈을 뜨고 잠을 잤고 허공이었는데 땅속에 묻힌 생명처럼 움질움질 문을 열고 싶은 마음을 눌렀습니다

그 일은 바깥에서 활동하는 한 사람. 하나의 일. 한 마리 새.

고통의 욱신거림. 가벼워지는 생명체. 안에 있던 새가 바깥으로 나가고 안에 있던 사람이 바깥으로 나가고 나타나고 그것은 초월이 아니며, 양분된 것이 아니며, 그제야 한 사람입니다 그제야 한 마리 새입니다

끝이 없겠어요 아직 말들이 먼지를 일으키며 뛰어노는 창고가 여러 개입니다

미래에서 오는 사람

　시간을 거스르거나 추월할 수 없어 한 걸음을 시작했습니다

　의문스러웠습니다 무엇이 있어 이렇게 고난이 많은가 했습니다 평범한 일상이 없습니다 크게 될 인물이라는 말을 반복하여 들었습니다 크게 될 인물에게 고난은 가둬둘 수 없는 동적인 것이라고 말합니다 고난은 새로운 것은 아니지만 새로운 사람을 만든다고 말합니다 바로 지금 한없이 새로워지고 있을 것이라고 말합니다

　어둠에 가려진 사람을 찾아내기 위해 발걸음을 옮깁니다 걸으면 감금된 사람이 풀려날까요 아직 가보지 않은 내일에 어떤 사람이 살고 있을까요

　저항하듯 빠르게 달려가서 거기서 살고 있는 사람을 만나고 싶습니다 가능하다면 그 사람 속으로 음악처럼 아무 여가창치 없이 바로 스며들고 싶습니다 호시탐탐 평화로운 일상을 생각하는 사람이 침대에 오래 누워 있지만 그 사람은 이미 전사가 되었습니다 근육질의 영혼을 가졌습니다

본능보다 힘이 센 소크라테스의 그것 말입니다 그것을 신
봉하여 신이 되어 버린 그것 말입니다 무리의 삶이 정상적
인 것이라면 나는 장애인입니다

 큰 사람은 아직 만나지 않았습니다 고난에 저항하듯 문
을 열고 도망치듯 문을 열고 나가고 있습니다 문이 열릴 때
마다 방 안 공기는 균열을 앓아서 두려움을 안겨줍니다 나
무에 가을이 빽빽하고 촘촘하게 모여와 일군의 색깔을 이
루고 있습니다 틈이 없어 보입니다만 한 잎씩 떨어지고 있
습니다 소수의 겨울이 뒤에 서 있습니다

 어디서 화석처럼 굳은 마음을 캐냈을까요 온통 고어로
쓰여진 '시'가 가득합니다 고어로 쓰여진 '시' 안에 죄인이
살고 있었습니다 큰 인물까지는 아니지만 놀랐습니다 근원
적 존재일지도 모른다는 생각이 들었습니다 생존의 희열을
크게 느꼈습니다

 이미 커버린 사람은 아이 옷을 입을 수 없었습니다 태어
나서부터 여기까지 오면서 나를 유지했습니다 동일한 한

사람을 위하여

고어로 쓰여진 이야기로 나의 형성을 보여주고 있습니다 어쩌면 고난의 이유보다 고난을 입증하고 싶었을지도 모르 겠습니다 나는 얼마나 큰 사람인지 알 수 없습니다 그래서 스스로 신비롭습니다 그 신비로운 사람을 찾아갑니다 가고 있으므로 아직 열려 있습니다 커다란 하나의 이야기가 될 때까지입니다

여기서 저기까지가 자기회귀하는 거리라면 다른 곳에 마 음을 빼앗기고 걸음을 옮겨본 것도 자기회귀의 지역일 것 입니다 그렇게 믿으니 자유롭습니다 두근거립니다

한 번도 밟지 않은 내일에 가려고 침대에 누웠습니다 한 번도 만나지 않은 사람이 기다리고 있을 것입니다 벽이 두 꺼워 만나기 어려운 사람이 많습니다 벽을 깨트리면 나도 깨어집니다

손오공의 돌

　살이 많은 그는 바윗돌에 갇힌 것 같았다 최초의 그는 원석을 깎아내는 어린 사람이었다 혼자 걷지 못할 것 같은 무르고 여린 사람이어서 어머니는 옆에서 따라 걷는 지지대 같았다 그는 잘 자랐고 아름다운 청년이었다 남자에게도 꽃이 있다는 걸 그에게서 발견했다 벌이라 하기에는 착한 청년이었으므로 마법에 걸린 것 같다고 어머니는 말했다

　최초의 어린아이처럼 그는 바위를 깨고 나와야 하는 사태에 놓였다 그가 떨어뜨리는 그림자는 선이 곱고 아름다웠다 실재보다 그림자가 먼저 돌을 깨고 나타나고 있었다 그림자에 제 아름다운 모습을 날마다 옮겨 놓고 있었다

　그림자는 행동으로 자랐다 영혼으로 자랐다 그는 아름다운 모습을 거울에 옮겨 놓고 있었다 돌에 갇혀서 아름다운 그림자를 떨어뜨리는 사람, 그의 그림자에는 발자국이 들려주는 절실한 소리가 있었다 그가 덮어쓴 바위와 그의 실재 아름다움은 간극이 멀어 돌을 깎아내며 마법을 풀고 있었다 그의 걸음은 돌을 깎는 의미 외에도. 마법에서 풀려나는 의미 외에도, 돌 속에 숨은 꽃을 피우는 의미 외에도, 돌

속에 숨은 보석을 나타내는 의미 외에도, 자연의 흐름이 무거운 돌 속에서 나오고 있었다

　어머니의 안타까움은 돌이 그의 몸을 덮고 어디까지 따라올까 때로는 몸을 감싸고, 때로는 등에 지고, 때로는 산 정상에 올렸다가 굴러떨어지는 돌, 다시 주우러 가는 돌, 돌이 그를 붙잡고 오르는 언덕, 그가 돌을 붙잡고 오르는 언덕, 돌을 지고, 돌을 밀어 올리며, 돌을 깎으며

　밭에 오이, 상추, 깻잎, 옥수수, 가지, 꽃보다 먹을 것을 심어서 그는 실리적인 사람이라기보다 실리적으로 살고 있었다 어머니가 그의 넓은 등을 쓰다듬으면 딱딱한 돌은 만져지지 않고 땀에 젖은 따뜻한 등, 네 온몸이 너였구나 그렇다면 돌은 어디로…

　돌을 쓴 사람은 상추를 심는 사람으로 적당하고, 가지를 심는 사람으로 적당하고, 옥수수를 심는 사람으로 적당하고

　어머니는 꽃도 한두 포기 심어보는 게 어떨까 조심히 물

었다 남자가 꽃이 있으면 꽃값을 해요 그렇다면 바위는 그를 보호하고 있는 것인가 그는 돌을 통과하지 않은 손오공, 심어놓은 오이는 한 넝쿨 이상으로 많아지고, 상추는 한 잎 이상으로 많아지고…

그는 돌을 거름으로 쓰고 있었다

그는 자신의 꽃의 조건을 미루고 있었다 가끔 그는 바위 사이로 얼굴을 내밀고 왜, 벌인가? 마법인가? 외치지만 꽃 씨는 아직 잠이 깊었다

병

그는 수선화를 제2의 본성이라고 하지만 수선화가 내게
간섭하고 있는 것 같습니다 수선화를 살고 있었습니다 살
고 있는 곳이 제2의 본성이라고 하지만 사실은 내재된 수
선화입니다 내가 오면서 안고 왔습니다 카르마보다는 오래
놀던 놀이터라서… 떨어질 수 없어서… 한 몸인 듯 온 것입
니다 나는 삐뚤삐뚤하게 서 있었고 삐뚤삐뚤하게 걸었고
삐뚤삐뚤한 곳에 도착했습니다 삐뚤한 것은 본체이지 않습
니까 그림자를 나무라지는 못합니다

나는 수선화처럼 흔들렸고 수선화처럼 향기롭고 수선화
처럼 피고 졌습니다 수선화처럼 노랗습니다 무엇이 옷이며
무엇이 몸인지 당신은 구분이 가십니까

새집으로 이사를 갔습니다 노란 수선화를 품에 안고 갔
습니다 도착하여 안고 있던 수선화를 내려놓자 수선화는
침대로 가서 걸터앉았습니다 자연스럽더군요 내 침대인데
그런 생각할 틈이 없었습니다

그가 집을 둘러보고 살림을 이리저리 옮기면서 네가 아

프지 않으면 완벽할 것 같은데 라고 말했습니다 수선화를 두고 오지 라고도 말했습니다

형 눈에도 보여 수선화가? 응 너와 나란히… 이상하네. 그냥 품에 안고 왔는데… 수선화를 문밖에 놓을까? 같이 살려고 온 것 같은데 분리가 될까?

그러고 보니 수선화와 나란히 따로 보이는 것은 분리될 수 있다는 뜻이겠지. 응 고마워 형

그는 말없이 이불을 덮어주고 방을 나갔습니다 나는 고른 숨소리를 내며 잠이 들었고 수선화는 기척이 없었습니다

수선화는 거추장스럽고, 동행 같고, 친구 같습니다 수선화에게 누군가는 웃음을 나누어 주고 누군가는 여름을 나누어주고 또 누구는 이야기를 나누어줘서 함께였지만 그 집을 무사히 살고 왔습니다 이 집에서는 어떨지 모르겠습니다

아직은 수선화와 나란히 있거나 한 몸인 듯 있습니다

환상 서곡

그것이 침묵의 몫이라면 고요히 잠든 한 사람을 무겁게 업고 한동안 다닐 것이다 업힌 사람은 공기 중에 조금씩 풍장하듯 사라질 것이다 우리는 곧잘 통하는 사람이지만 환한 햇살 아래 공평하게 빛을 발하지 못하는 곳이 있다 말을 하면 부서지는 집을 가진 것이다 고전적인 어조로 이번 생은 불가능한 씨앗이다 품었던 마음이 씨앗이 되는 이유에 대해서는 알지 못한다 씨앗마다 시간차의 거리가 있는 것에 대해서도 알지 못한다 다만 멀리서 오고 있는 걸음을 들은 것 같다 오다 겨울을 만날 테지 다른 길로 가서 살다 오기도 하겠지 지체하고 지체하여 영혼은 유동하는 구름, 비를 품어 초록의 의지를 키우고 하얀 양 떼를 부수며 끊임없이 미끄러져서

당신을 반영하여 몸의 이미지가 나타나지 않는다면 우리에게는 물질이 없다 정신의 무정형의 흐름밖에 없다 몸이 형성되기 이전이다 멀리서 어렴풋 본 것이다 나는 어떤 이론을 새소리로 듣는다 공기가 많은 곳에서 새소리는 새소리에 섞일 것이다 하나의 마음을 물리친 듯 시작되는 마음이다 고통과 말까지의 거리를 초록색 싹이 나는 거리라고

말해도 될까 그래도 된다면 당신은 씨앗을 잃고 있다 말을
나누지 않았으니 현실에는 아무것도 없다 팔이 없고 다리
가 없고 입술이 없고 결정적으로 얼굴이 없다 아예 없는 거
나 마찬가지다 아예 없는 것이다 당신은 아무런 외양도 갖
추지 못한 말을 아무것도 없는 말을 한다 아주 절실한 빈말
이다 화살을 겨누었다가 허공 아무 곳이나 쏘아버린 말, 토
끼가 맞든 새가 맞든 대상이 없는데 누군가 맞아 죽는… 당
신은 두 팔을 나란히 들고 어깨를 으쓱하고 그 공기에서 어
두워지겠지 악이 한없이 평범*해지는 당신의 태도 날아가
는 새가 맞았다면 그것은 무죄인가 날아가는 새는 죄의 무
게를 갖지 않은 것인가 허공에게 물어본다 그리고 여름이
가고 그리고 가을이 오고 있다

* 아돌프 아이히만

여름 여행기

여름은 무거워서 우리는 반팔을 입고 어린아이까지 여름을 드는 것에 동참했다 걸리버처럼 밧줄을 묶었지만 여름은 나날이 거대해졌고 아이들도 키가 여름을 따라 커갔다 아이들은 여름의 일원이었다 여름은 수만 가지 몸으로 행동하며 말했다 알아서 갈 테니 들지 않아도 된다고 묶는 것은 의미 없다고 꽃을 피우며 말하고 나뭇잎이 짙어지며 말하고 벌레 울음소리를 내며 말했다 태풍으로 세상을 흔들며 말했다

마당에 나가 꽃 한 송이를 꺾으면 여름의 세포가 아프다고 했다 우리는 그의 세포거나 장기 중의 하나였다 심지어 사물이 내는 소리까지 우리는 하나였다

내가 끝없이 성장하려고 했던 것은 여름의 태도였다 모두들 여름에는 여름의 태도로써 여름을 이동시켰다 그의 한 발자국을 옮겨놓는데 우리 모두의 걸음이 동원되었다 식물, 풀벌레까지 들꽃까지

따뜻한 기온이 집으로 모여들었는데 그녀는 아기를 낳아

서 여름을 도왔다 우리는 이미 형태를 각자 가지고 있었고
여름을 들고 가는 고된 단체생활을 하며 개별적인 여름을
지났다

　무수한 얼굴 중에 가장 큰 얼굴 네 개, 네 개의 얼굴 중에
한 개를 다 쓰고 또 한 개의 얼굴을 나타내고 있었다 얼굴
이라기보다 가슴이라고 해야 할 것 같았다 여름의 마음을
보여주는 가을이었다 1년에 한 번씩 꽃잎을 버리는 봄이
있었지만 마음의 일부를 버린 것일 뿐 가을에서야 모든 마
음을 말하고 남겨진 마음 없이 버리고 있었다

　우리는 여름의 무수한 생물 중의 하나였지만 여름은 가
을로 우리를 넘겨주고 홀연히 자취를 감추는 듯했다 그러
나 여름은 몸을 작게 하여 무수한 생물들 안으로 들어가고
있었다

이성

이 방에서 거의 모든 날을 머문다 사람이 가진 방 중에 가장 높은 곳에 있는 방이라고 한다 사물 하나하나 또렷하게 보이는 창이 넓은 방이다 두려운 것도 정면으로 바라볼 수 있는 창문이 있다 부끄러운 모습도 관객처럼 바라본다 나는, 나는, 자기애로 동그랗게 둘러쌓던 사람들이 바람에 나부끼며 언덕에 서 있는 사람 속으로 스며든다

자기애가 필요한 때가 있었지 따뜻한 위로가 필요했으니까

언덕에서 먼 곳을 바라보며 생각하는 사람, 이파리를 한 잎, 두 잎 떨구어내며 뿌리 깊은 나무처럼 서 있는 사람

지금은 여름이 아니다 차가워져야 한다 뜨거워서 흩어져 있는 사람들이여 돌아오라

눈빛의 온도를 버렸다

안개는 어디로 갔을까 깊은 밤은 어디로 갔을까 모든 게 뒤섞였는데 맑은 강바닥을 들여다보는 듯했다 시시하고 하

찮았지만 시시하지 않고 하찮지 않았다 강에서 물고기를 건져 올리듯 이해하고 헤아릴 뿐이었다

유리창에 부딪쳐오는 반짝이는 햇살이나 안개는 마음을 사물을 또다시 흐려놓고 있었다

단단하기를 차돌 같군요.

눈을 감고 고요히 고뇌와 싸울 뿐입니다.

그런 사람이라고 선을 그을 수는 없을 것 같았다 이런저런 사람이 문을 열고 집으로 들어오듯 돌아왔다 마치 바다가 된 기분을 느꼈다 그 사람들이 문을 열고 들어설 때 겨울의 찬 공기도 따라 들어왔다 집안 온기에 금방 녹았지만 창문이 여러 개 있고 그 많은 사람들이 드나들 때마다 파도처럼 밀리고 물결이 높았다 여러 사람이 드나드는 문을 물끄러미 바라보며 그 방의 중심인 듯 서 있는 한 사람

독립

점점 내가 관여할 자리가 작아져갔다 그들이 독립적이라기보다 내가 그들의 영역으로 들어가고 얼마 남지 않았다는 뜻이다 날마다 새로 갱신되는 나는 그들에게로 달려가고 달려가고 남겨놓을 여분의 사람이 없었다 아무리 달려가도 모자라는 사람 때문에 키는 지구를 몇 바퀴 돌만큼 자랐고 나이는 100살을 기준으로 하여 생사도 없이 몇백 살을 먹고 다시 100살을 향해가고 있다

마당에 서 있던 나무는 그들에게로 기울어지고 기울어져서 땅에 반듯하게 누울 정도였는데 다시 일어서고 있다

나는 그들의 일부였고 점점 그들이 되어갔고 그들이 되었고 그들이 되고 남은 사람이 또렷해지고 있다 땅에 누워 있던 나무도 일어나서

한 그루

어느 쪽으로도 기울어지지 않고 똑바로 서고 있다 기울어지는 것은 헌신이라 말할 수 없고 봉사라 말할 수 없다

만유인력의 구조

  그렇다면 그들은 내 발목을 붙잡아준 중력이었던 것일까
그렇다면 그들은 내 먼지를 뭉쳐서 장미를 빚어준 것일까
그렇다면 그들은 나에게 어머니를 주었을까 그렇다면 그는
나에게 아내를 주었을까

  내게 여자가 되어달라고 말한 남자는 늪의 에너지였을까
새의 깃털을 펼쳐줄 바람이었을까

  그들이 있는 곳은 동쪽이었던 것 같은데 나는 어느 방향
도 아닌 중심을 향해 똑바로 서고 있다

  여름 해는 오래 길어지고 화음에 잡음을 일으키던 별이
하나씩 하나씩 나를 밝혀주는 쪽으로 역할을 바꾸고 있다

살아 있다

── 오탁번 선생님께

그의 부고를 들었을 때 그는 방금 그의 방에서 문을 열고 나간 것 같았다 안개를 통과한 후 옷이 약간 축축한 정도의 슬픔이었다 모든 기억은 꽃씨*라고 했다 마치 봄이 온 것 같았다 그는 그가 알고 있는 모든 사람에게 꽃씨를 뿌려놓았을 것이다

오래 접어두었던 종이를 펼치면 입체적인 그림이 불쑥 솟아나듯 그는 내가 땅이라도 되는 듯 살아나기 시작했다 살던 방을 비워놓고 문을 열고 나간 사람은 그가 아니다 꽃씨를 모두 떨군 그의 그림자다

샤워 후 욕실 천장에 매달린 물방울은 물보다 위의 물이다 물의 하늘이 욕실 천장이다 방문을 열고 나간 사람은 그보다 더 위의 그다 그보다 더 가벼운 그, 허공으로 기화한 사람

그는 떠났다 그러나 떠나지 못했다 그의 종말은 남겨진 꽃씨에 빚지고 있다 그는 온전히 꽃씨로 대체되었다 문을 열고 나간 순간 그는 방에 남겨졌다 그는 꽃이 필 때마다

되풀이하여 그 방으로 돌아와야 한다 방을 향해 정면으로
오지 못하고 등을 보이며 뒷걸음으로 제가 쓴 시간 안으로
제가 떨어뜨린 꽃씨 안으로 제가 피운 꽃잎 안으로

　접어둔 책장을 펼칠 때마다 누군가 당기는 손에 이끌려
서 살아 있다 그는 영원히 등으로 이끌리듯 돌아올 것이다

　욕실 천장에 매달린 물방울처럼 그는 그를 넘어서려 했
지만 접어둔 종이에 제가 심어져서 종종종 돌아오고 있다
조금도 가볍지 않은 뒷모습으로 영원 회귀하여

　무엇을 슬퍼할까 책을 펼쳐보자 어제 그 꽃이 오늘도 필
까 "순은이 빛나는 이 아침에"**

　책장을 접은 후에도 그가 살아 있다는 확신이 들었다 그
러나 깜짝 놀라서 울었지만 기쁨의 눈물 같지는 않았다 그
제서야 그만이 아는 가장 고독한 곳을 건너 그만이 아는

* 베르그송

** 오탁번 시인의 1967년 중앙일보 신춘문예 당선작

너

영혼이 공중에 있는 줄 알았는데 뿌리에 있는 것 같다 뿌리 식물이 있듯 뿌리 사람이 있는 것 같다

식물에게도 휴일이 있을까

식물적인 규범에 어긋난 소나무는 병들어 죽는 것을 보았다 너다운 규범을 위해 약속을 취소했다 너의 규범 위에 세상의 규범이 있다면 너는 법을 위배한 것일까 그 희미한 땅 위에서 이쪽으로 몇 발, 저쪽으로 몇 발, 내딛다가 네가 가고 싶은 곳으로 간 것이다 집이 너를 당겼고 너는 집 쪽으로 당겨졌다 오늘 너에게 부족한 부분이 집이었다 수초가 물 밖으로 나가 너무 오래 견딘 것을 상상해 보자

너는 너의 대리인의 옷을 벗어 그 희미했던 땅 위에 놓고 너의 옷으로 갈아입고 약속을 취소했다 네가 너의 대리인과 두 사람이라는 사실에 조금 놀랐다 가령 손과 발이 대리인이라고 부른다면 너는 어디에 있었을까 가슴에 있었을까 머리에 있었을까 의지에 있었을까 약속을 취소하는 결단, 그때 너는 너와 만난 것이다 그때 무언가 딱 부러지는 소리

가 났던 것 같다 무언가를 깨뜨리는 소리 같기도 했다

　대리인은 필요한 사람이다 제멋대로 자라려는 나뭇가지
가 너이기도 하니까 네가 아는 너는 대리인이 많았다 네가
조금 넓은 공간이었으면 했다 그래서 약속을 취소했다 서
두르지 않고 여유 있게 최선을 다하고 싶었다 네가 관념으
로 존재했다면 오늘 약속을 취소한 것으로 오늘 깨어났다
겨우 하루 살았다

　사람을 만나고 싶지 않은 주기에 든 것 같기도 하다 대리
인이든, 외출이 잦은 사람이든, 집에 있고 싶은 사람이든,
그 모두를 각각이라고 부를 이유를 찾지는 못했다

소크라테스의 대면

    그는 거리 조정이 되는 거울을 여섯 개 가지고 있다 뿐만 아니라 거울을 통해 여러 각도로 자신을 대면한다 매순간 거울 속 사람이 말을 건넨다

    그는 거짓말을 할 수 없는 사람이 되었다 거울 속 사람과 대화를 나눈 후부터 그는 잘못된 행동을 할 수 없게 되었다 신의 영역을 벗어나는 곳까지 조금 멀리 나가보려고 했지만 거울 속 사람이 불러 세웠다

    그의 나이 60세에 사랑이 찾아왔다 거울 속 사람의 말에 따라 사랑하는 사람을 죽였다 저항하는 사람은 거듭 태어났지만 죽고 죽어갔다 그러나 그것은 웃자라는 나무를 자르는 것일 뿐… 얼마나 많은 사람이 죽어야 거울 속 사람이 승리의 깃발을 꽂을까

    금방 넘어질 것 같은 사람을 거울에 바짝 들이밀었지만 엄정한 얼굴을 한 사람이 거울에 있었다

    저 사람은 이상적인 사람이다 저 사람에게는 고뇌가 없

다 저 사람은 죄를 지을 인이 없다 죄를 지을 인을 극복한 사람이다 아니 죄를 지을 인을 싹틔우지 않는 사람이다 저 사람은 양심에게, 도덕에게, 내면에게, 신탁을 받은 사람이다 저 사람의 대기에는 안개가 피지 않고 저 사람에게는 길을 가르쳐 주는 거울이 있다

거울에서 멀리 떨어져 있는 사람들이 듣지 못하는 소리를 그는 들었다

흔들리는 게 싫어서 그는 나무의 조건을 만들지 않았다

죽음보다 더 두려운 것은 거울 속 사람이 하는 말을 따르지 않는 일이다 거울 속 목소리의 영역이 그의 전부다

몸에서 그림자가 낭자한 피처럼 땅바닥을 끌며 따라왔다 앞장서는 듯하더니 옆으로 가서 처진 듯 걷다 뒤로 가서 한 사람인 듯 겹쳐졌다 해를 따르는 듯했다

있지도 않고 없지도 않은 분명히 있는 그것은 그에게 너

무 가까이 있어 따를 수밖에 없었다 거울을 깨트려 보려고
하지 않는 사람, 어찌해볼 도리 없는 거울의 말에 복종하는
사람, 생각조차 옆으로 가지를 뻗지 못하게 하는 가위를 든
거울, 그는 갇힌 사람이 아니다 감옥에 있어도 갇힌 것을
모르는 사람이다

분자적 새, 혹은 생성과 변화의 세계상

황치복

(문학평론가)

1. 시, 잠재성(virtuality)에서 현행성(actuality)으로

『나는 누구십니까?』(시안, 2012), 『나는 광장으로 모였다』
(현대시학, 2016), 『장미의 은하』(한국문연, 2021)에 이은 박춘
석 시인의 네 번째 시집이다. 이전의 시집에서 알 수 있듯이
박춘석 시인은 세계와 인간, 삶과 인생에 대해 철학적으로 탐
구하면서 시적 사유를 통해 시적 공간을 구축하는 시인이다.
이번 시집 또한 예외가 아닌데, 세계의 구조라든가 그 운행의
원리, 그리고 그 속에서의 인간의 의식의 운동이라든가 인간
의 행동 양태의 생성과 변화의 다양한 법칙 등에 대한 시적 사
유가 깊이 있게 전개되고 있다. 이러한 점에서 박춘석 시인의

시적 세계는 어떤 사건이라든가 사물에서 촉발되는 정동의
방향이나 강도 등을 문제 삼는 이른바 서정시라는 양식의 범
주와는 차이를 지닌다.

   굳이 박춘석 시인의 시적 양식을 규정하자면 신비평 이론
가인 랜섬(J.C.Ransom)이 구분한 관념시(platonic poetry)라고
할 수 있을 터인데, 랜섬은 관념시가 추상적인 사고의 표현이
자 사상이나 교훈을 전달하려는 담화와 유사한 속성을 지니
고 있으며 이념 지향적인 성향을 지닌다고 지적한다. 물론 박
춘석 시인의 시적 지향이나 특징이 랜섬이 지적한 관념시와
온전히 부합하는 것은 아니지만, 시적 사유를 통해서 세계의
표상과 인간의 의지를 드러내려 한다는 점에서 철학적 관념
시라고 할 만하다. 시인은 세계의 내부라든가 외부, 혹은 사
회적 가치로서의 자유라든가 평등, 혹은 인문학적 자장에 속
하는 의지라든가 이성 등의 추상적 주제를 대상으로 사유를
전개하면서 그것들이 지닌 본질과 구조, 양태와 운동 등의 다
양한 속성 등을 탐구해 간다.

   주목되는 점은 시인이 구축한 독특한 시적 양식이라고 할
만한데, 시인은 오래전에 세계의 구조와 이치, 그리고 처세의
법칙에 대한 자신의 사색적 결과를 독특한 양식으로 담아낸
장자莊子와 유사하게 알레고리allegory의 형식을 통해서 시적
공간을 질서화하고 있다. 그러니까 상상을 통해서 구체적인
서사를 구축하고 그러한 서사를 통해서 추상적인 관념을 표
현하려고 하는 시도가 박춘석 시인의 시적 특징이라고 할 수
있다. 시인은 상상을 통해서 우화寓話와 같은 이야기를 완성

하는데, 이러한 우화를 통해서 시인은 도덕이나 윤리적 덕목을 선전하거나 종교적인 가치를 강조하는 대신 우리의 세계가 어떻게 구성되어 있으며, 그 세계 속에서 사건과 운동을 규정하는 인자들은 어떤 것들이 있으며, 그것들이 어떻게 작동하는지를 드러내려고 한다. 그러한 점에서 박춘석 시인의 시적 특징은 철학적 알레고리라고 할 수 있을 것이다.

나와 세계에 대한 탐구는 시인이 자신의 첫 시집인 「나는 누구십니까」라는 첫 시집에서부터 일관되게 추구한 시적 경향성이라고 할 수 있다. '나'라는 주체의 정체성을 비롯해서 '광장'으로서의 사회라는 장(field)의 특징, 그리고 '은하'라는 우주의 작동 원리에 대한 탐구 등이 박춘석 시인이 추구해 온 그동안 시적 도전과 모험이었다. 이번 시집인 『분자적 새』또한 좀 더 깊어지고 넓어지고 있지만, 이 세계의 구조와 작동 원리, 그리고 그 속에서 인간의 삶의 양태라는 철학적 주제가 탐색되고 있는데 드디어 시인은 이 시집에서 알레고리라는 시인의 시적 세계를 담아낼 적절한 양식을 발견한 것처럼 보인다. 그만큼 박춘석 시인의 시적 내용과 형식이 알레고리라는 양식에서 절묘하게 결합하여 적절한 효과를 발휘하고 있는 것이다. 차분하게 시적 사유를 펼치면서 그것을 우화라는 형식의 이야기로 형상화하는 작업이 시인의 시적 작업을 편안하면서도 효율적으로 고양하도록 하고 있다. 이제 이러한 알레고리가 구축한 시적 세계를 더듬어가겠지만, 그 전에 우선 시인의 시적 특징을 이해하기 위해 시인이 자신의 시에 대해 써놓은 메타시를 한 편 읽어보면서 시인의 시에 대한 생각을 점검하도록 하자.

말들이 사는 창고가 많은 것 같아요 창고마다 말이 가득 든
것 같아요 그 모든 말을 죽이지 않고 살렸으면 좋겠어요

문이 한 개고 좁아요 다투지 말고 차례로 나왔으면 좋겠어요

말들이 앉아 있을 의자, 누워 있을 침대, 걸어갈 길, 말을 마
중할 말, 말을 만날 말, 집을 짓는 말, 함께 살 말, 슬픈 노래를
부를 말, 기쁜 노래를 부를 말, 보석처럼 반짝일 말, 쏜살같이
달려갈 말, 쓸쓸한 곳에 당도할 말, 곡진한 삶에 도착할 말, 이
별에 당도할 말⋯⋯

말을 하다 보니 줄줄이 따라 나오는 말이 있습니다 그것은
안에 있는 일과 바깥에 있는 일이 조우한 것입니다

약속된 시간보다 늦게 문이 열렸습니다

어제 만난 그 일은 짹짹 그 새소리에 불리어 나갔습니다 나
가자 동시에 똑같은 짹짹 하나의 새소리를 냈습니다 한 마리
새소리가 완성되었습니다 그 일은 왜 나를 찾아왔을까요 왜
그 새를 만나야 했을까요 왜 그 새를 만나야만 안의 새가 깨
어날까요 잠은 무엇을 만나기 위한 기약일까요 나는 그때 새
장 안에서 눈을 뜨고 잠을 잤고 허공이었는데 땅속에 묻힌 생

명처럼 움질움질 문을 열고 싶은 마음을 눌렀습니다

　그 일은 바깥에서 활동하는 한 사람. 하나의 일. 한 마리 새.

　고통의 욱신거림. 가벼워지는 생명체. 안에 있던 새가 바깥으로 나가고 안에 있던 사람이 바깥으로 나가고 나타나고 그것은 초월이 아니며, 양분된 것이 아니며, 그제야 한 사람입니다 그제야 한 마리 새입니다

　끝이 없겠어요 아직 말들이 먼지를 일으키며 뛰어노는 창고가 여러 개입니다

—「시」 전문

'말'이라든가 '새', 내부와 외부 등의 중요한 이미지들이 서로 결합하고 충돌하면서 독특한 시론을 구축하고 있다. '말' 속에는 언어라든가 욕망, 그리고 사유 등의 함축적 의미가 들어 있는데, 셋째 연에서 나열되는 다양한 말들을 보면, 시적 주체가 추구하는 대상 자체가 우리 삶의 희로애락의 총체성에 걸쳐 있음을 알 수 있다. 또한 '새'라는 기표에는 시적 주체 내부와 외부의 언어들이 서로 결합하여 하나의 사건과 의미를 생성하는 결정적 순간이 응축되어 있다. 그러한 새란 "안에 있는 일과 바깥에 있는 일이 조우한 것"이라는 점에서 내적 욕망과 외부의 배치가 결합하여 일체를 이룬 순간이라고 할 만한데, 이러한 순간을 우리는 '사건'이라고 명명할 수 있

을 것이다. 그러니까 내적인 잠재성(virtuality)이 그것을 실현시켜 줄 구체적인 상황을 만나서 현행성(actuality)이 되고 있기 때문이다.

그런데 이러한 사건은 우연성에 의존하고 있다는 것이 삶의 신비이다. 시적 주체는 "어제 만난 그 일은 쨱쨱 그 새소리에 불리어 나갔습니다 나가자 동시에 똑같은 쨱쨱 하나의 새소리를 냈습니다 한 마리 새소리가 완성되었습니다"라고 하면서 "그 일은 왜 나를 찾아왔을까요 왜 그 새를 만나야 했을까요 왜 그 새를 만나야만 안의 새가 깨어날까요"라고 하면서 내부의 잠재성을 깨우는 외부의 충격에 대해서 고백한다. 그런데 이러한 외부의 충격은 우연적으로 다가오는 우발적인 것임을 알 수 있다. 하나의 사건이라는 것이 기존 사물의 낯선 조합과 우연한 마주침으로 형성된 낯선 환경으로서의 아장스망agencement과의 마주침이며, 그러한 사건으로부터 의미가 생성되고 사유가 발생한다고 할 때, 시인이 이 시에서 강조하는 '새'의 이미지는 곧 사건에서 발생하는 의미체로서의 시라고 할 수 있을 것이다. 그러니까 시인에게 시란 체험적 자극을 가져오는 사건과의 우발적 마주침을 통해 일어나는 사유의 운동이며, 그러한 사유의 운동을 그린 궤적으로서의 언어라고 할 수 있을 터이다. 시인에게 시란 이제껏 경험해 보지 못한 낯선 환경에 몸을 부딪치면서 잠자고 있는 감각을 깨우고 사유를 전개시켜 새로운 의미를 생성하는 과정인 셈이다.

2. 반복, 차이를 형성하는 운동

　낯선 환경과의 우발적 조우에 의한 사건의 발생과 그 의미에 대한 사유를 통해 새로운 존재로 거듭나는 과정은 곧 질 들뢰즈(Gilles Deleuze, 1925~1995)가 강조한 반복을 통한 차이의 생성 과정이기도 하다. 들뢰즈는 반복을 통해서 차이를 생성하는 것이 곧 잠재성을 현행성으로 바꾸는 것이라고 말한 바 있는데, 차이의 생성이라는 것은 곧 존재의 갱신과 다르지 않다. 박춘석 시인은 이번 시집에서 다양한 '차이와 반복'의 이미지의 변주를 보여주는데, 가장 대표적인 것은 아마도 '시지프스의 바위'라는 신화적 모티프일 것이다.

　　상황은 사소합니다 시지프스가 바위를 잠시 내려놓고 땀을
　식히는 중입니다 집에 도착하기 전에 행복은 날아갈지도 모
　르겠습니다

　　나는 개별적인 시지프스, 삶의 의미를 음미하느라 행복합
　니다 지금 돌에서 잠시 벗어난 시간입니다 떨어진 돌을 잡으
　러 가는 시간이 아니라 산에 올려놓은 돌이 잠시 산에 머무는
　시간입니다

　　시지프스는 생각이 조금 다릅니다 무의미하다기보다 과일
　이 익어가는 기간이라고 생각합니다 아이가 크는 기간이라고
　생각합니다

돌을 내려놓고 저쪽에서 오는 중이고 더 먼 저쪽으로 가는
사이 비어 있는 곳에서 행복합니다 돌을 초과하여 돌보다 커
져서 천천히 걷고 있습니다
—「행복합니다」 전문

이 시는 코린토스의 왕으로 코린토스 시의 창건자인 시시
포스가 교활하고 못된 지혜가 많기로 유명했는데, 제우스의
분노를 사 저승에 가게 되자 저승의 신 하데스를 속이고 장수
를 누렸다는 것, 하지만 그 벌로 나중에 저승에서 무거운 바위
를 산 정상으로 밀어 올리는 영원한 형벌에 처해졌다는 것, 그
래서 그가 힘겹게 정상까지 밀어 올리면 바위는 다시 아래로
굴러내렸기 때문에 시시포스는 영원히 똑같은 일을 반복해야
했다는 등의 신화적 사실을 전제로 하고 있다. 잘 알려져 있
듯이 프랑스의 작가 알베르 카뮈는 시시포스의 이러한 무한
반복의 노동을 인간 실존의 부조리에 대한 하나의 상징으로
해석한 바 있지만, 이 시는 이러한 신화적 사실에 변형을 가해
서 그것을 재의미화하고 있다.
중요한 점은 무한반복의 노동이 결코 헛되지 않다는 점이
며, 거기에서 무수한 변화와 의미가 생성된다는 것이다. "나
는 개별적인 시지프스, 삶의 의미를 음미하느라 행복합니다"
라는 구절이 그러한 사실을 암시하고 있다. 시적 주체는 신화
속의 시시포스처럼 무한 반복되는 일상의 삶을 영위하지만
그 속에서 음미할 만한 삶의 가치와 의미를 찾는다. 무한반복

의 노동에서 찾을 수 있는 의미는 어떤 것인가? "시지프스는 생각이 조금 다릅니다 무의미하다기보다 과일이 익어가는 기간이라고 생각합니다 아이가 크는 기간이라고 생각합니다"라는 구절이 그러한 의미를 함축하고 있는데, 그것은 곧 성숙과 존재의 갱신이라고 할 수 있다. 그러니까 무한반복의 노동은 시적 주체를 과일처럼 익게 하고 아이의 성숙처럼 성장시키는 것인데, 이러한 현상의 본질적 의미는 곧 변화와 갱신이라고 할 수 있다. 그것은 존재의 전혀 다른 국면으로 이행시키는 것이며, 그런 점에서 차이를 생성시키는 것이라고 할 수 있다.

이러한 차이란 미시적인 관점에서 보면, "저쪽에서 오는 중이고 더 먼 저쪽으로 가는 사이"에서 발생하는 것이며, 이러한 '사이'라는 순간이 성숙과 갱신의 미분적 지점이라고 할 수 있을 터이다. 그런데 이러한 차이의 의미는 "돌을 초과하여 돌보다 커져서 천천히 걷고 있습니다"라는 구절에서 읽어낼 수 있듯이 직면한 상황과 배치를 돌파하여 더욱 증폭된 힘을 가지게 된다는 점이다. 무한반복의 노동은 무미건조한 반복이 아니라 반복하는 주체로 하여금 상황을 돌파할 힘과 능력을 생성시키는 것인데, 프리드리히 니체가 지적한 것처럼 이러한 힘과 능력은 고통을 통해서 형성된 것이다. 무한반복의 노동은 고통을 야기하고, 고통은 차이를 발생시키며, 차이는 증폭된 힘과 능력을 생성시키는 셈이다. 시적 주체가 "행복합니다"라고 말할 수 있는 것은 이러한 차이 생성의 결과라고 할 수 있다. 시인이 주목하는 차이의 특징은 무엇일까?

나무에 발목이 보이지 않았는데 자랐습니다 발목은 시선으로 지각되지 않았고 허리는, 목선은, 자꾸 달아나서 허공으로 허공으로 올라가고 있습니다 나무를 보고 있었습니다만 허공을 포함해서 보였습니다 뿌리를 보고 있었는데 계단도 포함해서 보였습니다 그러나 계단도 달아났고 나무도 덩치를 키우면서 달아났습니다 나무를 보고 있었는데 강물이 흐르고 있었습니다 나무를 보고 있었는데 '나무'라고 부르는 소리가 후르르 새처럼 날아가 버렸습니다 어제 그 나무는 어제 유일했습니다 그것뿐이었습니다 하룻밤과 하룻낮을 겪은 나무는 하룻낮과 하룻밤만큼 차이를 가졌습니다 나무의 지대로 새가 들어오면 나무의 지대는 약간 모습이 변하기도 했습니다 그러나 내가 본 것은 나무의 나무다운 평면성이었습니다 허공의 심리상태, 지하의 심리상태, 양방향으로 한 그루 나무는 동일해져 갔습니다 나무와 허공과 평면과 지하가 끊임없이 통합되었다가 달아남과 자유와 나무로서의 붙들림이 끊임없이 반복되었습니다

나는 나무만 바라보았습니다

—「경계선」부분

순간에는 평평한 곳은 없고 낭떠러지밖에 없어서 다음 순간으로 내던져졌다 의지는 우발적으로 작동해서 간신히 늪지를 모면할 수 있었다 다음 순간 가로등 불빛이 가득한 길에 도착했다 순간이지만 그 길을 호젓하게 걸었다 다음 순간 나

보다 나의 시를 더 사랑한다는 남자를 떠올렸다 다음 순간 가로등이 고장 난 지대에 도착했다 다음 순간 나무 그림자가 가로등 불빛을 가리고 있는 지대를 걸었다 다음 순간 나무 그림자를 밟고 걸었다 다음 순간 불빛을 등에 지고 나의 그림자가 앞서 걸어가고 나는 따라가고 있었다 다음 순간 앵두나무 그림자를 통과했다 둘로도 나누어질 수도 있고 셋으로도 넷으로도 무수히 나누어진 나를 동일한 한 사람이라고 기억이 나를 감싸안고 감싸안고 감싸안고······

···(중략)···

그곳에서 여기까지 오는 동안 우연한 일이 일어났고 우연한 일이 또 생겨나서 생각보다 좋은 결과가 나왔다 아니 몇 발 뒷걸음질 친 것 같기도 했다 그러한 우연들로 인해 나는 동일한 사람이 아니라 성숙해졌다 그러한 우연들로 인해 여름은 더 큰 여름을 생산했고 끝에 여름은 온 힘을 다해 가을로 자신을 내던졌다 나는 작은 사물처럼 여름과 함께 가을로 딸려들어 갔다

—「계속」 부분

첫 번째 인용 작품에서 "어제 그 나무는 어제 유일했습니다 그것뿐이었습니다 하룻밤과 하룻낮을 겪은 나무는 하룻낮과 하룻밤만큼 차이를 가졌습니다"라는 대목이 나무가 실현하고 있는 차이의 양상을 보여준다. 주목되는 점은 나무라는 시적

대상이 허공과 평면과 지하라는 세 영역에 걸쳐 존재하면서 그러한 영역들을 통합해서 성장하고 있다는 점인데, '평면'이 가장 중요한 역할을 담당한다는 것이다. "그러나 내가 본 것은 나무의 나무다운 평면성이었습니다"라는 구절이 그러한 평면성을 강조하고 있거니와 평면이 중요한 것은 무슨 이유일까? 시적 주체가 설정하고 있는 나무의 세 영역, 즉 허공과 평면과 지하라는 영역은 천상계, 지상계, 지하계라는 이 세상의 공간적 영역을 의미하기도 하고, 시간적 차원에서는 미래와 현재, 그리고 과거에 대한 상징적 표상이기도 한다. 또한 그것들은 비전과 전망, 그리고 현재의 욕망과 기억 등의 의식적 영역의 개념들을 내포하기도 하고, 철학적 의미에서 그것은 유토피아와 현실, 그리고 본질이나 실체 등의 함의를 지니기도 한다.

그러니까 시적 구도에 의하면 나무는 허공과 지하, 그리고 평면의 영역을 모두 점유하고 있지만, 평면에 의해서 그것들을 통합하는 것이며, 그것이 "나무의 나무다운" 면모라는 것이다. 이러한 구도는 곧 과거나 기억이 아니라 현재의 순간에 모든 에너지가 집중되어 있다는 것이며, 과거와 미래의 다양한 자질들이 현재의 순간에 통합되어 어떤 생성과 변화를 이룬다는 것을 함축하고 있다. 구체적으로 시적 주체는 이러한 과정에 대해서 "허공의 심리상태, 지하의 심리상태, 양방향으로 한 그루 나무는 동일해져 갔습니다 나무와 허공과 평면과 지하가 끊임없이 통합되었다가 달아남과 자유와 나무로서의 붙들림이 끊임없이 반복되었습니다"라고 표현한다. 나무는 현재의 내재성을 통해서 무수한 허공과 지하의 요소들을 포획하기도 하고 탈주하기도 하면서 끊임없는 차이를 생성하고 있는 셈이다.

두 번째 인용문에서는 '순간'과 '우연성'이 문제가 되고 있다. 시인은 순간에 대해서 "순간에는 평평한 곳은 없고 낭떠러지밖에 없어서 다음 순간으로 내던져졌다"라고 묘사하고 있다. 지속이란 수많은 순간들이 모여서 이루어진 시간적 연속이라 할 수 있을 터인데, 그러한 지속을 이루는 순간이란 분절화된 계기로서 하나의 '낭떠러지'라고 할 수 있다. 순간은 어떠한 연속과 연결도 없이 천해의 고도孤島처럼 존재하는 것이다. 그런데 그러한 순간이 바로 변화와 비약을 가능케 하는 기제라고 할 수 있으며, 성숙과 갱신을 가능케 하는 계기라고 할 수 있다. 순간순간 교차하는 수많은 장면들이 바로 그러한 과정을 시사하고 있는데, 이때 순간들을 꿰매고 이어서 그러한 순간들로 파편화된 주체에게 일관성을 부여하는 것은 '기억'일 것이다.

그런데 이러한 순간들의 가장 중요한 속성은 바로 '우연성', 혹은 '우발성'의 지배를 받는다는 것이다. "그곳에서 여기까지 오는 동안 우연한 일이 일어났고 우연한 일이 또 생겨나서 생각보다 좋은 결과가 나왔다"라거나 "그러한 우연들로 인해 나는 동일한 사람이 아니라 성숙해졌다"라는 대목에서 확인할 수 있듯이 순간이라는 기제를 지배하는 속성은 바로 우연성이라고 할 수 있다. 그리고 시인은 우연성이 '좋은 결과'라든가 '성숙'을 가져왔다고 진단한다. 우연성이 어떻게 이러한 결

과를 가져올 수 있는 것일까? 우연성이란 인과법칙 혹은 필연
성에서 벗어나 있는 성질을 의미한다. 그러니까 원인과 결과
라는 일직선적인 과정이 아니라 무수한 가능성의 영역으로 해
방되어 있는 것이 우연성인 셈이다. 따라서 순간이 우연성에
의해 지배된다는 것은 순간이 무한한 가능성을 향해 개방되어
있다는 것을 의미한다. 시적 주체는 그러한 가능성을 충분히
활용하면서 다양한 사건들에 접속할 수 있으며, 그러한 접속은
변화와 성숙을 초래하는 것이다. 시인이 순간과 우연성에 주목
하는 것은 바로 차이가 가져오는 생성과 변화의 힘을 중시하기
때문이다. 그런데 시인이 생각하기에 접속과 사건으로 인한 차
이의 생성은 행동에서만 야기되는 것은 아니다.

옛날에는 어머니가 기대라고 준 의자라고 생각했는데 앉아
서 기다리는 의자인가? 생각을 바꾸게 되었다 아주 조금 살고
의자에 오래 앉아 있었다 아직 의자가 낡지 않은 것에 안도가
되었다 기다릴 것이 많았다

어느 날 문득 '의자에 앉았다'가 아니라 의자에서 산다고 생
각을 바꾸었다 보통 사람으로 살려고 하다니 어리석었다

당신은 애초에 의자에서 무언가를 기다리며 살아야 한다
당신은 애초에 의자에서 생각이 많은 생을 살아야 한다 당신
은 애초에 의자를 지나 의자로 가서 의자를 지나 의자로 가서
창밖을 내다보며 살아야 한다

기다려야 한다면 무엇을 기다려야 하는지 몰랐다 의자의 수를 헤아릴 수가 없었다 그제야 당신이 바로 의자라는 것을 알아차렸다 당신은 의자였고 의자이고 의자일 것이다 저주가 아니다 의자에서, 의자는, 의자를, 사는 거니까 의자가 낡아서 사라질 수 있다는 것은 행운이다 한 생을 의자로 사는 것도 의미는 있지 독자적이니까

창밖에는 걸어 다니는 사람들… 바람이 불 때마다 일동으로 흔들리는 나무들… 모두 한 사람 같고 한 그루 같다

당신은 섬이 아니다 보통명사로 불리어서는 안 된다

느림의 미학을 사는군요. 빠르게 흘러가는 세상에서 홀로 마음이 조급하지 않을 것이고 달려서 어디를 가는 일도 없겠죠?

환경이 다를 뿐입니다.
                                        —「부조리」부분

시인은 이 시에서 '의자의 삶'을 그리면서 '부조리'라는 제목을 붙여 놓고 있다. 원래 부조리란 실존주의적 용어로서 조리에 맞지 않다, 혹은 전혀 삶의 의미를 찾을 수 없다는 뜻으로서 유한한 인간의 불완전성에 대한 사유를 담고 있다. 그런데 자세히 보면 이 시에는 의미와 가치로 넘쳐나고 있는데, 그러한 의미와 가치는 곧 "한 생을 의자로 사는 것도 의미는 있지

독자적이니까"라는 구절에 응축되어 있다. 의자로 산다는 것은 "의자에서 생각이 많은 생을 살아야 한다"는 구절에 유의해 보면, 단순히 사유적 삶을 지칭하는 것처럼 보인다. 그러나 "의자를 지나 의자로 가서 의자를 지나 의자로 가서 창밖을 내다보며 살아야 한다"라는 구절이나 "당신은 의자였고 의자이고 의자일 것이다", 그리고 "의자에서, 의자는, 의자를, 사는 거니까 의자가 낡아서 사라질 수 있다는 것은 행운이다"라는 구절들에 주목해 보면, '의자의 삶'이란 단순히 수동적인 관찰과 사유 지향적인 삶만을 의미하지는 않는다는 것을 알수 있다. '의자의 삶'이란 단순히 의자에 앉아서 무엇을 기다리거나 사유를 펼치는 수동적인 것이 아니라 의자가 되어서 의자로서의 삶을 사는 것이다. 의자가 되거나 의자로서의 삶을 산다는 것은 카프카의 변신처럼 완전히 다른 존재로 갱신되는 것을 의미하며, 의자가 되어 의자로서 사유하면서 외부의 사건들과 접속하는 것을 의미한다. 그러니까 의자로서의 삶이란 '앉아서 유목하기', 혹은 '들끓는 고요'로서의 접속의 사유를 실현하는 것을 의미하는 것이다.

그런데 시인은 "어느 날 문득 '의자에 앉았다'가 아니라 의자에서 산다고 생각을 바꾸었다 보통 사람으로 살려고 하다니 어리석었다"라고 고백하는데, 이런 고백에 의하면 의자에서 산다는 것은 개성적인 삶의 방식으로 탈피한 것이며, 자신만의 고유한 특이성을 실현한 것이 되는 셈이다. 이처럼 의자가 되어 의자로서의 삶을 사는 것이 고유한 삶의 방식의 실현이기에 시인은 "당신은 섬이 아니다 보통명사로 불리어서는 안 된다"라고 하면서 그것이 결코 고립된 폐쇄적 삶이 아니며, 일상적인 삶의 방식이 아님을 강조한다. 특히 "창밖에는 걸어 다니는 사람들… 바람이 불 때마다 일동으로 흔들리는 나무 들… 모두 한 사람 같고 한 그루 같다"는 구절을 음미해 보면, 활동적이고 외부 지향적인 삶을 사는 사람들이 평범한 일상 인에 지나지 않는다면 의자로의 삶을 실현하는 것이 더욱 특이 성을 실현하는 삶이 될 수 있다는 메시지를 포착할 수 있다. 차이의 실현은 결국 특이성과 개성의 실현이라는 점에서 의 미와 가치를 지닐 수 있는 것이다.

3. '–되기' 혹은 생성과 변화의 운동

차이의 생성이라는 것이 존재의 변화와 갱신이라는 점에서 의미를 지닐 수 있다는 것, 그리고 또한 차이의 생성은 개성과 특이성의 실현이라는 점에서 가치를 지닌다는 등의 사유 과 정을 점검해 보았다. 그런데 우리는 「부조리」라는 시에서 '되 기'의 상상력이 작동하는 것에 유의해 볼 필요가 있다. 분명 카프카의 변신 모티프에서 발상을 얻은 것으로 보이는 이 시 에서 시인은 "의자의 수를 헤아릴 수가 없었다 그제야 당신이 바로 의자라는 것을 알아차렸다 당신은 의자였고 의자이고 의자일 것이다"라고 하면서 의자가 되어 버린 존재에 주목한 다. 의자에 앉아서 밖을 관찰하는 삶, 의자에 앉아서 사유하 는 삶이 아니라 의자 자체가 되어 살아가는 삶에 주목하는 것 이다.

시인이 들뢰즈의 개념인 '차이와 반복'에 주목하는 궁극적인 목적이 여기에 있을 것이다. 차이를 생성한다는 것은 이전의 존재와 달라진다는 것이며, 이전의 존재와 달라진다는 것은 새로운 존재로 거듭난다는 것, 즉 탈피와 변신의 기제를 통해서 새로운 존재가 되는 것을 의미한다. 그러니까 의자를 도구나 상징으로써 활용하는 것이 아니라 의자가 되는 것, 그래서 의자로서 살아보는 것이 중요한 것이다. 이처럼 '一되기'의 삶의 형식이란 하나의 고정된 정체성에 머무르거나 고착되지 않고 끊임없이 흐르면서 다른 영토와 코드에 접속한다는 것을 의미하며, 우연성에 의해 삶의 혁명이 가능해지는 유목적인 삶을 실천한다는 것을 의미한다.

'一되기'로서의 삶, 혹은 유목적인 삶에 대한 시인의 관심은 이 시집에서 다양한 이미지로 변주되는데, 가장 특징적인 것이 바로 '눈사람'의 이미지와 '식물'의 이미지라고 할 수 있다. 이 시집의 곳곳에 편재하고 있는 눈의 이미지, 혹은 얼음의 이미지는 얼고 녹고 기화되는 과정을 함축하고 있는 눈과 얼음의 이미지를 활용하여 변신과 갱신의 의미를 강화한다. 또한 식물의 이미지는 매일매일 이루어지는 반복 속에서 미세한 배치의 변화로 인해 발생하는 차이의 의미를 강조하면서도 또한 물과 양분을 빨아들이고, 잎을 틔우고, 꽃을 피우고 떨어지며, 열매를 맺는 과정을 함축함으로써 눈과 얼음의 이미지와 마찬가지로 변신과 갱신의 의미를 강화한다. 눈사람을 그리고 있는 다음 작품이 '一되기'의 이미지를 명증하게 구현하고 있다.

눈사람이 녹을 때 옆에 있었습니다 굉장한 굉음이 들렸습니다 그는 지독하게 차갑고 오직 한 가지 색을 띠고 있었으나 해가 뜨면서 차가움과 색이 중화되어 갔습니다

나는 새로 집을 짓기 위해 낡은 건물을 무너뜨리고 있습니다 아마도 더 나은 집에서 살게 될 것입니다

일관되게 차가운 온도와 하얀색을 무너뜨리기는 쉽지 않았을 것입니다 지층에 닿는 무너지는 색깔이 내는 소리였을까요 차가움을 버리는 소리였을까요 궁금했지만 알게 된 사실은 내가 지금 살고 있는 집을 무너뜨리면서 귀가 조금 밝아졌다는 사실입니다 나는 그때 한 가지 실험을 하고 있었습니다 '사실'에 대한 실험이었습니다 그러나 경험하지 않고는 아무것도 단 한 줄도 기록할 수 없다는 걸 알아갔습니다 눈사람이 눈사람을 녹이지 않고는 눈사람을 떠날 수 없듯이 살고 있는 집을 무너뜨리지 않고는 좋은 집에서 살 수 없다는 것을 알아갔습니다

나는 그때 집을 부수는 현장에 있었다기보다 부서지는 집 자체였습니다

몇 차례 굉음이 지나간 후, 눈사람은 중화되어 꽃으로 환생하고 풀로 환생하고 물고기로 환생하고 그러고도 남아서 바다로 갔습니다

눈사람 안에 어떤 사람이 있는지 알 수 없었습니다 눈사람 안에 어떤 역사성이 있는지 알 수 없었습니다 역사가 시간으로 풀려나올 때에야 꽃으로 가고 바다로 가고 수증기로 갔습니다 눈사람으로 뭉쳐져 있는 동안 눈사람에게 성장의 인이 있다는 것을 몰랐습니다

차가움에 사로잡혀 있었던 시기가 있었습니다 감정은 변하는 것이라서 지금은 눈사람을 허물고 있습니다 겨울이 올 때까지 고요히 숨죽이고 있던 사람이 눈이 오면 나타납니다만 새로운 사람입니다 허물어지기까지가 길었을 뿐 무엇이든 될 수 있어서 달라질 수 있어서 다른 무엇이 되어서 떠나고 있습니다

—「눈사람」전문

시인이 '눈사람'에 주목하는 이유를 분명하게 보여주는 작품인데, 눈사람은 변신을 위한 조건을 충족하고 있기 때문이다. 화자는 눈사람이 녹을 때 "굉장한 굉음이 들렸다"고 토로하는데, 스르르 녹는 눈사람에게서 굉음이 들렸다는 표현은 곧 존재 자체의 붕괴, 혹은 탈피라는 지각변동의 과정을 암시한다. 화자는 눈사람의 붕괴를 보면서 "나는 그때 집을 부수는 현장에 있었다기보다 부서지는 집 자체였습니다"라고 하면서 자신 또한 눈사람이 체현하고 있는 존재 자체의 붕괴와 갱신을 경험했음을 고백하면서 존재의 변신, 혹은 '─되기'의 과정은 탈

피의 그것처럼 개벽과 같은 변화가 필요함을 암시하고 있다. 이러한 개벽과 같은 변신은 어떻게 가능한 것일까?

화자는 "나는 그때 한 가지 실험을 하고 있었습니다 '사실'에 대한 실험이었습니다 그러나 경험하지 않고는 아무것도 단 한 줄도 기록할 수 없다는 걸 알아갔습니다"라고 하면서 존재의 변신은 단순히 사실에 대한 실험만으로는 불가능하며 온 몸을 던지는 실천이 필요함을 강조하고 있다. 그러한 실천은 "눈사람이 눈사람을 녹이지 않고는 눈사람을 떠날 수 없듯이 살고 있는 집을 무너뜨리지 않"으면 안된다는 단호한 결단이 요구된다. 그러니까 눈사람이 녹아야 "꽃으로 환생하고 풀로 환생하고 물고기로 환생하"듯이 다른 존재로 거듭나기 위해서는 자신의 존재 자체를 해체하는 결단과 변신의 과정이 필요한 것이다. 시인이 강조하는 붕괴되는 집의 이미지는 바로 낡은 존재 자체의 해체를 선명하게 강조하기 위한 표현인 셈이다.

그런데 시인은 존재 자체의 해체라든가 변신의 가능성은 존재 자체에 내재하는 잠재성으로서의 능력에서 발원하는 것임을 잊지 않는다. "눈사람으로 뭉쳐져 있는 동안 눈사람에게 성장의 인이 있다는 것을 몰랐습니다"라는 구절이 눈사람에 내재하는 잠재적 능력으로서의 '성장의 인'을 표나게 강조하고 있다. 그리고 "눈사람 안에 어떤 역사성이 있는지 알 수 없었습니다 역사가 시간으로 풀려나올 때에야 꽃으로 가고 바다로 가고 수증기로 갔습니다"라는 표현을 통해서 그러한 잠재성이 현행성이 될 때, 존재의 갱신이 가능함을 강조하고 있다. 역사가 시간으로 풀린다는 것은 눈사람이 간직한 과거의 흔적과 자취로서의 잠재성이 현행화되는 것을 의미하기 때문이다. 눈사람과 함께 '—되기'의 상상력을 보여주는 식물의 이미지는 변신의 모티프를 가장 선명하게 보여준다.

놀이터를 가졌고 놀고 있다 일을 했는데 놀고 있다 일터에서 견디는 사람이었는데 놀고 있다 그것은 키가 큰 것과 동일할 것 같고 뿌리 쪽을 상찬해야 될 것 같고 마중물 같은 책을 읽었는데 펌프질에 잔잔한 물고기 같은 글자들이 쏟아져 나온다 마중물 같은 음악을 들었는데 글자들이 오글오글 쏟아져 나온다 나는 들린 듯 춤추고 들린 듯 놀고 있다 이만한 놀이터가 세상에 또 있을까

카프카는 벌레가 되었다는데 내게로 와서는 물고기가 되었다 손에서 미끄러져 가는 물고기, 잡히지 않는 물고기, 카프카는 흥을 돋우고 손가락과 손가락 사이는 넓고 카프카는 무한하고 방향을 예측할 수 없고 방향을 정했으나 방향대로 갈 수 없고 그리하여 나는 카프카, 멀리까지 살아내고, 내 놀이는 카프카의 메아리

아무리 가도 도서관에 도착할 수 없고 도서관의 깊은 압력, 넓은 압력에 도서관 가장자리만 형태를 바꿀 뿐 가장자리를 계속 맴돌며 도서관으로 이어져 가고 파도처럼 가장자리를 퍼뜨리는 도서관, 도서관 안으로 들어가 보려는 시도는 즐거

운 놀이

도서관 문은 계속 열리고 있다 내일 가면 열려 있고, 일요
일이 지나면 열려 있고, 공휴일이 지나면 열려 있고, 도서관
문을 밀고 있다 도서관 문은 일관한다 도서관의 동일한 유지
10년 20년이 가도 깊어지고 넓어지는 도서관, 한 권의 책을
펼치면 한 권의 책에 묶여 있고 한 권의 책을 내려놓으면 모
든 책에 묶여 있는

생일 밥을 먹고 도서관으로 갔다 '나'를 '너'라고 부르며 식
물 한 포기를 마주 보았다 식물이라기보다 씨앗이다 무엇이
될지 짐작하고 있는 그 나무일지 확신할 수 없는 식물이면서
식물을 키우는 사람이 된 생일날, 어른인 줄 알았는데 그제야
마주 보는 대상이 되었다 모든 꽃은 1년에 한 번 피는 생태를
가졌다는 오해…… 무너져라 책이여 씨앗은 희열하여 식물은
희열하여

―「식목일」 전문

시인은 다른 시편에서 "외출하기 위해 며칠을 땅속을 뚫고
나온다 땅에서 생생한 모습을 끌어올려야 한다 집을 땅속이
라고 불러도 된다면// 오늘은 이쪽 잎을 달고 내일은 저쪽 잎
을 달고 또 오늘은 물관을 타고 순을 키워 꽃받침을 세우고 또
내일은 꽃을 거울에 띄우고 이상적인 그를 끌어올리는 것이
다 "(「한 송이」)라고 하면서 자신이 한 송이 꽃을 피우는 나무

로 변신한 모습을 보여준 바 있다. 이 시에서는 "'나'를 '너'라
고 부르며 식물 한 포기를 마주 보았다 식물이라기보다 씨앗
이다 무엇이 될지 짐작하고 있는 그 나무일지 확신할 수 없는
식물이면서 식물을 키우는 사람이 된 생일날"이라고 하면서
자신이 하나의 식물로 변신한 모습을 보여준다. "'나'를 '너'라
고 부르는 식물 한 포기"란 곧 식물로 변신한 자신의 모습이
면서, 그것을 대상화하고 있는 대자적 존재로서의 자신이기
때문이다.

　　그런데 이 시에서 시적 주체가 변신한 식물은 '책'과 대립
구도를 형성하고 있다. '책'이 근대적 지식이라든가 과학, 혹
은 인위적 문명 등을 함의하고 있다는 것을 생각해 보면, 식물
은 생명성의 흐름과 발산을 의미하고 있음을 알 수 있다. 식
물과 대립 구도를 형성하고 있는 책은 다시 그것을 집적하고
있는 '도서관'으로 확대되는데, 도서관은 중력과 압력의 힘으
로 작용하고 있다는 점에서 어떤 굴레로 인식된다. 즉 도서관
은 "도서관의 깊은 압력, 넓은 압력"이라는 속성으로 작동하
기에 그것은 시적 주체에게 압박감으로 다가오며, "10년 20년
이 가도 깊어지고 넓어지는 도서관, 한 권의 책을 펼치면 한
권의 책에 묶여 있고 한 권의 책을 내려놓으면 모든 책에 묶여
있는"이라는 구절에서 알 수 있듯이 도서관은 홈 패인 공간을
양산하면서 수많은 계열의 분절선과 절편선들을 형성하는 기
제로 작동한다. 그러나 한편으로 도서관은 "나는 들린 듯 춤
추고 들린 듯 놀고 있다 이만한 놀이터가 세상에 또 있을까"
라든지 "도서관 안으로 들어가 보려는 시도는 즐거운 놀이"라

는 표현에서 알 수 있듯이 탈주와 생성이 가능한 놀이터로 작동하기도 한다. 그러니까 도서관은 한편으로 지층화를 이루는 분절선 등을 통해 생성과 변화를 거부하는 압력으로 작동하기도 하며, 사건과 생성의 놀이터로 작동하기도 하는 셈이다. 도서관이란 하나의 실체가 아니라 배치에 의해서 그 기능과 성격이 달라지는 사건의 일종인 셈이다.

물론 책과 도서관이 후자로 작동할 때 그것은 식물의 이미지와 중첩된다. 책과 도서관이 놀이터로 작동할 때 "마중물 같은 책을 읽었는데 펌프질에 잔잔한 물고기 같은 글자들이 쏟아져 나오"고, "마중물 같은 음악을 들었는데 글자들이 오글오글 쏟아져 나온다". 그리하여 시적 주체는 "밥을 먹고 도서관으로 갔"는데, 거기서 "'나'를 '너'라고 부르며 식물 한 포기를 마주 보"게 된다. 시적 주체가 굳이 생일날을 강조하는 것은 우연한 책과의 만남을 통해서 새로운 제2의 탄생과 같은 변신이 이루어졌기 때문일 것이다. "모든 꽃은 1년에 한 번 피는 생태를 가졌다는 오해……"라는 구절 역시 탈피와 변신과 같은 존재의 갱신은 새로운 책과의 우발적 접속을 통해 수시로 이루어질 수 있음을 강조하기 위한 것이다. 운명적인 책과의 만남은 하나의 씨앗으로 작용하여 새로운 식물을 잉태하는 효과를 발휘하는 셈이다. 책과의 만남이 그러하듯이 시인에게 새로운 시의 발견, 혹은 새로운 시의 창작은 그러한 역능으로 작동할 것이다. 마지막으로 표제시를 살펴보겠는데, 이시는 거대한 지각변동과 같은 존재의 변화를 묘사하고 있다.

땅은 안심하고 디딜 수 있는 곳이라 했는데 움직였다 집을
짓고 마당에 식물을 심는데 땅이 움직였다 땅은 가만히 있는
게 임무야 말했지만 소용없었다 아이들이 아장아장 걸어가다
넘어졌다 일어나 걸어가다 또 넘어졌다 일어나 뛰어가다 또
넘어졌다 반복되었는데 흔들림에 익숙해지면서 아이들이 자
랐다 나는 땅을 제압하는 여신이나 되는 듯 땅의 문제에 골몰
했다

바다를 다녀왔다 배의 땅은 물인데 바람이 잠잠하여 배가
평화로워 보였다 선장은 바람이 불면 나른함이 사라진다고
말했다 마음이 참 부조리합니다 땅을 살피던 내가 말했다 고
요한 물 위에 배를 정박하기 위해 풍랑 속을 배를 몰고 있습
니다 그러나 고요한 물 위에 도착하면 배는 구름처럼 흩어집
니다 바다에서 붙잡을 수 있는 것은 바람뿐입니다 선장은 배
를 몰고 바람 없는 물 위를 떠났다 우주는 모순투성이야 고함
소리는 수평선을 향했지만 바로 앞에서 분해되었다

두려워해야 할 것은 바람 불면 땅이 공중에 뿌옇게 펼쳐지
는 일이었다 눈, 깃털, 부리, 발톱이 분별없이 그러나 아이들
을 넘어뜨리고 집을 움직였지만 날아가는 곳까지 치닫지는
않았다 나는 끝없는 잠에서 깨어나 아무런 움직임도 발생하
지 않는 쪽으로 가려는 듯 붙잡을 수 있는 것은 고요함 밖에
없었다

마당에 파 놓은 연못을 들여다보니 물이 맑아 사물이 가득했다 아이들이 돌을 던지지 말아야 할 텐데 괴물이 일어나 나올지 모르니 아주 큰 새가 모이겠군

먼지로 모인 것이 땅이라고 당신이 말했다 결속력이 부족합니다 모래가 많이 섞인 땅이 아닐까요 모래가 섞였다면 중력이라도 더 하겠지요 내내 인내하다 무거움을 번쩍 들어 올리는 봄이 오면 더욱 움직이는 땅을 무엇으로 극복할까요 당신이 옆에 있었지만 답을 원하지는 않았다

—「분자적 새」 전문

이 시는 『장자莊子』 소요유逍遙遊 편의 처음 부분 "저 먼 북쪽 깊고 어두운 바다에 곤鯤이라는 커다란 물고기가 사는데, 그 크기가 몇 천 리나 되는지 알지 못한다. 그것이 변화해서 새가 되니 이름을 붕鵬이라고 하며 이 붕의 등 너비도 몇 천 리나 되는지 알지 못한다. 이 새가 한번 기운을 내어 날면 그 날개는 마치 하늘에 드리운 구름과 같다"는 부분을 연상시킨다. 땅과 바다의 대비라든가 "괴물이 일어나 나올지 모르니 아주 큰 새가 모이겠군" 등의 구절들이 그러한 상상을 자극하기 때문이다.

장자의 소요유가 대지大知의 웅대함과 정신의 자유로움을 노래하고 있는 것처럼 이 시는 '분자적 새'라는 미시적 차원의 변화를 암시하면서도 대지大地의 차원에서의 거대한 변화를 표현하고 있다. 지금까지 논의해 왔던 생성과 변화의 상상력

인 '―되기'의 영역이 개인석 차원에서 발현되는 것이었다면, 이 시의 생성과 변화는 지각변동과 같은 세계적 차원에서의 변화에 해당되기 때문이다. 그런데 자세히 살펴보면 이 시의 구도에서 미시적인 세계는 거시적인 세계와 긴밀히 결부되어 있으며, 작은 파동이 태풍이 되는 것과 같이 미분적인 변화가 거대한 지각변동과 관련되어 있음을 발견할 수 있다.

문제는 땅이 움직인다는 것이며 "집을 짓고 마당에 식물을 심는데 땅이 움직였다"는 사태가 비상한 관심사로 떠오르는데, 그것의 원인을 찾아보면 바람과 새싹이라고 할 수 있다. "두려워해야 할 것은 바람 불면 땅이 공중에 뿌옇게 펼쳐지는 일이었다 눈, 깃털, 부리, 발톱이 분별없이 그러나 아이들을 넘어뜨리고 집을 움직였"다는 구절에서 지각변동의 원인이 바람이라는 것을 알 수 있다. 미세한 바람은 붕鵬과 같은 새의 출현을 야기하고 그러한 새의 출현은 대지의 지축을 흔들어 놓는다. 또한 이러한 붕은 곤의 변신으로 볼 수도 있다. "아이들이 돌을 던지지 말아야 할 텐데 괴물이 일어나 나올지 모르니 아주 큰 새가 모이겠군"이라는 구절에서 우리는 곤鯤이라는 괴물과 같은 물고기, 그리고 그것의 변형태로서의 '큰 새'인 붕鵬을 연상할 수 있기 때문이다. 그러니까 지각변동의 원인은 아이들이 연못에 던지는 돌에서 파생하는 파동과 미세한 바람이라고 할 수 있을 터인데, 이러한 대목에서 우리는 미시적 세계가 거시적 변화와 연결되는 지점을 발견할 수 있다.

하지만 더욱 중요한 것은 지각변동이 작은 씨앗의 힘으로 추동된다는 것이다. "내내 인내하다 무거움을 번쩍 들어 올리는 봄이 오면 더욱 움직이는 땅을 무엇으로 극복할까요"라는 부분에서 대지의 요동이 바로 대지의 속에서 꿈틀거리는 작은 씨앗의 힘이라는 것을 알 수 있다. 작은 파동이 일으키는 바람에 의해서 곤과 붕이 발생하고, 그것이 대지를 요동치게 했던 것처럼 봄날의 영토화와 코드화에 따라서 발아하는 그 작은 씨앗이 대지의 지각변동을 가져오는 것이다. 시인이 추구하는 '—되기'로서의 존재 양태의 변화가 현미경적인 미시적 세계의 변화에서 촉발될 수 있음을 자각하고 있는 모습이라 할 수 있다.

지금까지 박춘석 시인의 네 번째 시집이 그려낸 들뢰즈적 상상력의 세계를 살펴보았다. 잠재성에서 현행성으로 발현되는 세계로서의 시, 그리고 역능과 특이성의 창출로서의 차이의 발생, 변신과 갱신을 가능케 하는 '—되기'로서의 상상력 등이 장자적 우화의 시적 형식에 담겨 독특한 시적 아우라를 반짝이고 있다. 시가 감정의 분출과 억제라는 한정된 세계에 갇힌 것이 아니라 무한한 잠재성의 장으로서 기능한다는 박춘석 시인의 시에 대한 새로운 관념은 오랫동안 음미할 가치가 있을 것이다.▨

| 박춘석 |

2002년 『시안』으로 등단했다. 시집으로 『나는 누구십니까?』『나
는 광장으로 모였다』(2017년 문학나눔) 『장미의 은하』(2022년 문학나
눔)가 있다.

이메일 : babypoet3@hanmail.net

현대시 기획선 101
분자적 새

초판 인쇄 · 2024년 9월 1일
초판 발행 · 2024년 9월 5일
지은이 · 박춘석
펴낸이 · 이선희
펴낸곳 · 한국문연
서울 서대문구 증가로29길 12-27, 101호
출판등록 1988년 3월 3일 제3-188호
편집실 | 서울 서대문구 증가로31길 39, 202호
대표전화 302-2717 | 팩스 · 6442-6053
디지털 현대시 www.koreapoem.co.kr
이메일 koreapoem@hanmail.net

ⓒ 박춘석 2024
ISBN 978-89-6104-360-1 03810

값 12,000원

＊ 이 시집은 2024년 부산광역시, 부산문화재단 지역문화예술특성화지원사업의 지원으
로 제작되었습니다.

＊ 잘못된 책은 바꾸어 드립니다.